लतीफ़े

साहित्यकारों की हाज़िरजवाबी

लतीफ़े

साहित्यकारों की हाज़िरजवाबी

सम्पादक

अनुराधा शर्मा

UNBOUND SCRIPT

UNBOUND SCRIPT

लतीफ़े : साहित्यकारों की हाज़िरजवाबी

ISBN : 978-93-92088-11-7

प्रथम संस्करण : 2022

प्रकाशक : अनबाउंड स्क्रिप्ट
बी-10, सेवेन वंडर्स बिजनेस सेंटर, प्लॉट नं. जी -20,
बेसमेंट, प्रीत विहार, नई दिल्ली -110092

वेबसाइट : www.unboundscript.com
ई-मेल : books@unboundscript.com

Lateefe *by* Anuradha Sharma

मूल्य : 199/-

आवरण और पुस्तक सज्जा : सुरेश पँवार

भूमिका

मेरी ज़िंदगी का एक हिस्सा अदबी दरिया के किनारों पर मज़दूरी करते हुए गुज़रा। किनारों से गुज़रते हुए यह लाज़मी था कि कभी कुछ छींटे भी पड़ें, कभी लहरों से आलिंगन हो जाए। मेरे दामन में इसी तरह कुछ एहसास, रौशनी, ख़ुशबू और कुछ रंग आये। कभी-कभार लगा कि कुछ नामों के भारी सफ़ीने अदबी साहिल पर लंगर डाले ऐसे पड़े होते हैं कि आम-फ़हम लोग इसकी सच्ची सूरत देख ही नहीं पाते। इसमें चंद नाम तो बेहद चमकदार थे, लेकिन बहुत से नाम ऐसे थे जिन्होंने हमारे अदब के क़िरदार को सँवारा पर ख़ुद समय के तूफ़ान में छूट गये।

मानीख़ेज़ बात यह है कि अदबी दुनिया में किसी शाइर के एहसास गुमनाम होकर भी सदियाँ पार कर लेते हैं। नाम भले ख़त्म हो जाए, लेकिन काम मोती-सीप-मानिक की शक्ल में हमेशा बचा रहता है। इसलिए अदब के इतिहास में जितनी रचनाएँ बनाम मिलेंगी हैं उससे बहुत-बहुत ज़्यादा बेनाम हैं।

महामारी ने जहाँ एक तरफ़ इन्तिहाई अवसाद दिया वहीं मेरे लिए यह एक मौका भी बन गया कि मैं इस दरिया में तफ़सील से उतर सकूँ और अंततः यही उस अवसाद से पार पाने की दवा भी बन गया। इसमें सबसे कमाल की चीज़ें थीं अदब और शाइरी की बातें; संस्मरण, चुहल, उत्फुल्ल हास्य और व्यंग्य।

शाइरी तो अपनी जगह है ही, लेकिन मैंने महसूस किया कि शाइरी के आसपास की यह अनौचारिक दुनिया भी कम ख़ुशगवार नहीं है। यह न सिर्फ़ शाइरी और शाइरों के बारे में बताती हैं बल्कि यह शाइरी की परम्परा और उसके सामाजिक सांस्कृतिक संदर्भों का वाचिक इतिहास भी है। मैं इन अनगिनत संदर्भों से प्रभावित रही। उनमें से कुछेक को यहाँ दर्ज़ करते हुए ख़ुशी हो रही है। उमीद करती हूँ कि वही बू-ओ-ख़ुशी आपके दिलों तक भी पहुँचे।

- अनुराधा शर्मा

अनुक्रम

इंशा अल्लाह ख़ाँ 'इंशा'

जीवनकाल:
1752–1817

इंशा अल्लाह ख़ाँ 'इंशा' का जन्म 1752 को मुर्शिदाबाद में हुआ। मीर तक़ी 'मीर' और मुसहफ़ी के समकालीन। हिंदी के पहले कहानीकार और उर्दू के प्रसिद्ध कवि। अपनी साहित्यिक प्रतिभा के अलावा फक्कड़पन, ख़ुशमिज़ाजी, हास्य-व्यंग्य और हाज़िर-जवाबी के चलते किंवदंती पुरुष की हैसियत रखते हैं। मुसहफ़ी और जुरअत के साथ उनके चुटीले क़िस्से आज भी लोग रस लेकर कहते-सुनते हैं।

इंशा अल्लाह ख़ाँ 'इंशा' के लतीफ़े

एक दिन सय्यद इंशा नवाब आसिफ़-उद्दौला साहिब के साथ बैठे खाना खा रहे थे। गर्मी से घबराकर टोपी सर से उतारकर रख दी। मुँडा हुआ सर देखकर नवाब साहिब की तबीअत में चुहल आई, हाथ बढ़ा कर पीछे से टिप्पी मार दी।

इंशा ने जल्दी से टोपी पहन ली और कहने लगे सुब्हान-अल्लाह बचपन में बुज़ुर्गों से जो सुना करते थे, वह बात सच है कि नंगे-सर खाना खाते हैं तो शैतान टिप्पी मारता है।

शायर जुरअत अंधे थे। एक रोज़ बैठे काव्य-चिंतन में गुम थे कि इंशा आ गए। उन्होंने पुछा, "हज़रत किस सोच में हैं?"

जुरअत ने कहा, "कुछ नहीं, बस एक मिसरा[1] हुआ है। शे'र मुकम्मल करने की फ़िक्र में हूँ।" इंशा ने अर्ज़ किया, "कुछ हमें भी पता चले।"

जुरअत ने कहा, "नहीं! तुम गिरह[2] लगाकर मिसरा मुझसे छीन लोगे।" आख़िर बड़े इसरार के बाद जुरअत ने बताया, मिसरा था;

"इस ज़ुल्फ़ पे फ़बती शब-ए-दीजूर[3] की सूझी"

इंशा ने फ़ौरन गिरह लगाई:

"अंधे को अँधेरे में बड़ी दूर की सूझी"

जुरअत लाठी उठाकर इंशा की तरफ़ लपके। देर तक इंशा आगे और जुरअत पीछे-पीछे उन्हें टटोलते हुए भागते रहे।

1. शे'र की पहली पंक्ति 2. शे'र की दूसरी पंक्ति, जिसे कहकर शे'र पूरा कर देना 3.अँधेरी रात, अमावस्या

नवाब आसिफ़-उद्दौअला एक रोज़ इंशा के साथ हाथी पर सवार लखनऊ के किसी मुहल्ले से गुज़र रहे थे। रास्ते में देखा कि एक कुत्ता एक क़ब्र पर पेशाब कर रहा है। नवाब साहिब ने इंशा पर फ़ब्ती कसते हुए कहा, "इंशा किसी सुन्नी[1] की क़ब्र मालूम होती है।" इंशा ने कहा, "हुज़ूर सच फ़र्मा रहे हैं, मगर पेशाब करने वाला शिया[2] मालूम होता है।" इस पर नवाब साहिब बेसाख़्ता हँस पड़े।

1. मुसलमानों का एक सम्प्रदाय, इंशा सुन्नी थे। 2. मुसलमानों का एक और संप्रदाय, नवाब साहिब शिया थे।

सर सय्यद अहमद ख़ान

जीवनकाल:
1817-1898

सर सय्यद अहमद ख़ान 1817 में दिल्ली में पैदा हुए थे। शिक्षा द्वारा सामाजिक परिवर्तन का स्वप्न देखने वाले सर सय्यद की गिनती हिन्दुस्तान के महान सुधारकों में होती है।

सर सय्यद अहमद ख़ान के लतीफ़े

एक दफ़ा एक शख़्स ने सर सय्यद को ख़त लिखा कि अगर नमाज़ में बजाए मूल अरबी के उसका उर्दू अनुवाद पढ़ लिया जाए तो कोई हरज और नुक़सान तो नहीं? सर सय्यद ने जवाब दिया: "हरगिज़ कोई हरज और नुक़सान नहीं, सिर्फ़ इतनी बात है कि नमाज़ नहीं होगी।"

सर सय्यद, मौलाना शिबली और सय्यद मुमताज़ अली एक कमरे में बैठे थे। सर सय्यद का एक बहुत ज़रूरी काग़ज़ गुम हो गया था। वह उसे तलाश रहे थे मगर मिलता न था। इत्तिफ़ाक़न मौलाना शिबली को काग़ज़ अलग पड़ा हुआ मिल गया। उन्होंने मज़ाक में उस काग़ज़ पर अपना हाथ रख दिया ताकि सर सय्यद को परेशान किया जाए, मगर सर सय्यद भाँप गए कि काग़ज़ शिबली दबाए बैठे हैं।
इस पर उन्होंने मुस्कुराते हुए कहा, "बड़े-बूढ़ों से सुनते आए हैं कि जो चीज़ गुम हो जाती है, शैतान उसे अपने हाथ के नीचे दबा कर बैठ जाता है, हज़रत मौलाना ज़रा देखिए कहीं मेरा काग़ज़ आप के हाथ के नीचे तो नहीं?"

सर सय्यद एक बार रेलगाड़ी में सफ़र कर रहे थे। उन्हीं के डिब्बे में हाईकोर्ट का एक जज भी सफ़र कर रहा था। किसी बात पर दोनों की आपस में तकरार हो गई। बात तू-तू मैं-मैं तक पहुँची तो जज ने कहा,"मालूम है मैं कौन हूँ, मैं हाईकोर्ट का जज हूँ।" इस पर सर सय्यद ने कहा, "मैं जज का बाप हूँ।"
(सर सय्यद के बड़े बेटे सय्यद महमूद जज थे)

एक मौलवी साहिब सर सय्यद से मिलने आए और उन्होंने आते ही सर सय्यद के अधर्म और नास्तिकता पर उपदेश की बारिश शुरू कर दी। सर सय्यद बड़े इत्मिनान से मौलवी साहिब की नास्तिकता में डूबी हुई बातें सुनते रहे।
आख़िर में मौलवी साहिब ने फ़रमायाः "सय्यद! याद रखो तुम्हारा अंजाम बुरा होगा। इस दुनिया से जाने के बाद तुम को हमेशा के लिए जहन्नुम में जलना पड़ेगा।"

सर सय्यद ने मुस्कुराते हुए जवाब दिया कि "कम से कम इतना तो आराम रहेगा कि वहाँ आप जैसे हज़रात से मुलाक़ात होती रहेगी।"
मौलवी साहिब को बड़ा ग़ुस्सा आया और फ़ौरन उठकर चले गए।

सर सय्यद अहमद ख़ान ट्रेन में सफ़र कर रहे थे कि उनके डिब्बे में एक अँग्रेज़ आकर बैठ गया। सर सय्यद को नागवार गुज़रा लेकिन ख़ामोश रहे। कुछ देर बाद उन्हें भूख महसूस हुई तो उन्होंने अपना नाश्तादान खोल कर रखा और हाथ मुँह धोने के लिए ग़ुसलख़ाने में चले गए।
लौटकर देखा तो नाश्तादान ग़ायब पाया। दरअसल अँग्रेज़ ने उनकी ग़ैरहाज़िरी में नाश्तादान चलती ट्रेन से बाहर फैंक दिया था।
सर सय्यद को ग़ुस्सा तो बहुत आया, लेकिन वह पी गए और ख़ामोश बैठे रहे। कुछ देर बाद अँग्रेज़ अपनी सीट से उठा और ग़ुसलख़ाने में चला गया था।
अँग्रेज़ का हैट सीट पर रखा रहा। सर सय्यद फ़ौरन उठे, हैट पकड़ा और चलती गाड़ी की खिड़की से बाहर फैंक दिया।
अँग्रेज़ लौटा और हैट को अपनी जगह न पाया तो बोलाः "वेल जेंटलमैन, इधर हमारा हैट था, किधर गया।" सर सय्यद ने फ़ौरन कहा, "तुम्हारा हैट मेरे नाश्तादान के पीछे गया है।"

किसी साहिब ने सर सय्यद की तौहीन के ख़याल से उन्हें एक फटा-पुराना जूता भेजा। सर सय्यद ने उन्हें जवाब दिया कि जूते की मरम्मत पर दो आने ख़र्च हुए और छह आने में बिक गया, लिहाज़ा चार आने की रसीद हाज़िर है।

डिप्टी नज़ीर अहमद देहलवी

जीवनकाल:
1836-1910

उर्दू के प्रथम उपन्यासकारऔर प्रशासक नज़ीर अहमद देहलवी का जन्म बिजनौर में हुआ था। वह उस समय के प्रसिद्ध दिल्ली कॉलेज, जिसे आजकल ज़ाकिर हुसैन दिल्ली कॉलेज कहते हैं, के प्रतिभाशाली छात्र थे। उन्होंने अपनी बेटियों के लिए कहानियाँ लिखनी शुरू की थी,जिसकी चर्चा घर से बाहर फ़ैल गई, और देहलवी साहिब ख्यात कथाकार बन गए।

डिप्टी नज़ीर अहमद देहलवी के लतीफ़े

मौलवी नज़ीर अहमद देहलवी हैदराबाद में डिप्टी कलैक्टर थे। उनका तबादला किसी दूसरे शहर हो गया। वहाँ के एक रईस उनसे मुलाक़ात के लिए हाज़िर हुए। मुलाक़ात में वह अपना शजरा[1] निकालकर बताने लगे कि फलाँ रिश्ते में हमारे दादा लगते थे, फलाँ नाना और फलाँ हमारे मामूजान थे... वग़ैरह।

नज़ीर साहिब जब उनकी गुफ़्तगू से तंग आ गए तो कहने लगे "मुआफ़ कीजिएगा इस वक़्त मेरी वंशावली मेरे पास नहीं है, वरना मैं भी आपको बताता कि हमारा सिलसिला भी बाबा आदम से मिलता है।"

1. वंशावली

डिप्टी नज़ीर अहमद देहलवी के पास अरबी की एक किताब थी। दिल्ली के एक मौलवी साहिब उस किताब को देखने के बड़े इच्छुक थे। दोनों का संबंध कुछ ऐसा था कि डिप्टी साहिब न इंकार कर सकते थे, न देना चाहते थे।

मौलवी साहिब के इसरार पर आख़िर उन्हें एक दिन किताब देनी पड़ी।

किताब मौलवी साहिब की तरफ़ बढ़ाते हुए डिप्टी साहिब ने फ़रमायाः "किताब तो बड़ी अच्छी है, लेकिन इसकी जिल्द सुअर के चमड़े की है।"

नौलवी साहिब यह सुनते ही लाहौल विला कुव्वत कहते हुए फ़ौरन पीछे हट गए और किताब लेने से इंकार कर दिया।

अल्ताफ़ हुसैन हाली

जीवनकाल:
1837-1914

नवजागरण के अग्रदूत अल्ताफ़ हुसैन हाली का जन्म हरियाणा के पानीपत में हुआ। ग़ालिब, शेख़ सादी, सर सय्यद अहमद ख़ान जैसी शख़्सियतों पर लिखी इनकी किताबें लोकप्रियता का प्रतिमान बन गईं। हाली ने शायरी को हुस्न-इश्क़ व चाटुकारिता से निकालकर सामाजिक सच्चाइयों और हिन्दुस्तानी राष्ट्रवाद से जोड़ा। राष्ट्रवादी चेतना की महान रचना, भारत-भारती, पर हाली के मुसद्दस का प्रभाव स्वयं राष्ट्रकवि मैथिलिशरण गुप्त ने स्वीकार किया है।

अल्ताफ़ हुसैन हाली के लतीफ़े

एक बार मौलाना हाली सहारनपुर गए और वहाँ एक सम्मानित रईस के यहाँ ठहरे, जो बड़े ज़मींदार भी थे। गर्मी के दिन थे और मौलाना कमरे में लेटे हुए थे। उसी वक़्त इत्तिफ़ाक़ से एक किसान आ गया। रईस साहिब ने उससे कहा कि “ये बुज़ुर्ग जो आराम कर रहे हैं उनको पंखा झल" वो बेचारा पंखा झलने लगा।
थोड़ी देर बाद उसने चुपके से रईस साहिब से पूछा कि “ये बुज़ुर्ग जो आराम कर रहे हैं, कौन हैं? मैंने इनको पहली मर्तबा यहाँ देखा है।”
रईस ने जवाब दिया, “कमबख़्त तू इनको नहीं जानता, हालाँकि सारे हिंदोस्तान में इनकी शोहरत है। ये मौल्वी हाली हैं।” इस पर ग़रीब किसान ने बड़े तअज्जुब से कहा, “जी, कभी हाली भी मौलवी हुए हैं?”(हाली का अर्थ हल चलाने वाला भी होता है)
मौलाना लेटे थे, सो नहीं रहे थे। किसान का यह फ़िकरा सुनकर फड़क उठे। फ़ौरन उठकर बैठ गए और रईस साहिब से फ़रमाने लगे, “हज़रत इस तख़ल्लुस[1] के साथ इंसाफ़ आज हुआ है।”

1. उपनाम

मौलाना हाली के पास उनके एक मिलने वाले ग़ज़ल लिख कर लाए और इस्लाह[1] के लिए पेश की। ग़ज़ल में कोई भी मिसरा दुरुस्त न था।
मौलाना हाली ने तमाम ग़ज़ल पढ़ने के बाद बेसाख़्ता फ़रमाया: “भई ग़ज़ल ख़ूब है, इसमें तो कहीं ऊँगली रखने को भी जगह नहीं।”

1. त्रुटि-सुधार

जॉर्ज बर्नार्ड शॉ

जीवनकाल:
1859-1950

नोबेल पुरस्कार विजेता जॉर्ज बर्नार्ड शॉ आयरलैंड में पैदा हुए थे। उनकी कलात्मक प्रतिभा और विद्वत्ता के चलते अपने समय में उन्हें सबसे बुद्धिमान व्यक्ति समझा जाता था। नाटककार के तौर पर विख्यात बर्नार्ड शॉ मार्क्सवाद, समाजवाद, राजनीति और साहित्य में बराबर का ही दखल रखते थे।

जॉर्ज बर्नार्ड शॉ के लतीफ़े

ग़ैर-मामूली और मशहूर नर्तकी एज़ाडोरा डंकन ने जॉर्ज बर्नार्ड शॉ के सामने शादी का असाधारण प्रस्ताव रखा और कहा, "जो हमारी औलाद होगी वो मेरी सुंदरता और आपकी बुद्धिमत्ता व साहित्यिक प्रतिभा से मालामाल होगी।"
इस पर बर्नार्ड शॉ ने कहा, "आपकी इस नवाज़िश से मैं फ़ख़्र महसूस करता हूँ, लेकिन अगर उसे मेरी शक्ल-ओ-सूरत मिली और आपका दिमाग़ तो क़यामत हो जाएगी।"

बर्नार्ड शॉ के एक दोस्त थे जो कथाकार भी थे, बर्नार्ड शॉ से मश्वरा करने आए, "मैं शादी करना चाहता हूँ। क्या आप के ख़याल में ये बेहतर रहेगा?"
बर्नार्ड शॉ ने जवाब दिया, "जो औरत तुमसे शादी के लिए रज़ामंद होगी वह अहमक़[1] होगी और अहमक़ औरतें अच्छी बीवियाँ साबित नहीं होतीं।"

1. बेवकूफ़

महात्मा गांधी

जीवनकाल:
1869-1948

राष्ट्रपिता महात्मा गांधी दुनिया के महानतम लोगों में से एक थे। उनका जन्म 2 अक्तूबर 1869 को पोरबंदर में हुआ था। उनके पिता का नाम करमचंद गांधी था, जो राजकोट के दीवान थे। उनकी माता का नाम पुतलीबाई था। नाथूराम गोडसे ने 30 जनवरी को गोली मारकर उनकी हत्या कर दी।

महात्मा गांधी के लतीफ़े

महात्मा गांधी अपनी सेहत और तंदुरुस्ती को क़ुदरती तरीक़ों से क़ायम रखने के क़ायल थे। एक मर्तबा उनकी बीमारी में डॉक्टर ने पेंसलिन का इंजेक्शन देना ज़रूरी समझा और कहा, "आप ये इंजेक्शन लगा लेंगे तो तीन ही दिन में अच्छे हो जाएँगे, वर्ना तीन महीने लग जाएँगे।"
गांधी जी ने कहा, "तो ठीक है, मुझे कौन सी जल्दी है" डॉक्टर ने इसरार के तौर पर कहा "और जो इस बीमारी के किटाणु आप फैला देंगे वह?" गाँधी जी ने विनोद करते हुए कहाः "तब तो आप ये इंजेक्शन और सभी को लगा दीजिए।"

किसी अँग्रेज़ ने महात्मा गांधी से सामान्य सदाचार वश पूछा: "आपके ख़ानदान का क्या हाल है?"
गांधी जी ने फ़ौरन जवाब दिया, "मेरा ख़ानदान (यानी सारी हिंदुस्तानी क़ौम) बद-हाल है।"

गांधी जी जब गोलमेज़ सम्मलेन के सिलसिले में लंदन पहुँचे तो एक बरतानवी[1] अख़बार के नुमाइंदे ने तंज़ कसते हुए उनसे सवाल किया, "हिंदुस्तानियों ने आपको अपनी नुमाइंदगी के लिए क्यों चुना? क्या आपसे बेहतर नुमाइंदा उन्हें नहीं मिला?" गांधी जी ने अपने ख़ास अंदाज़ में हँस कर बोले, "शायद ये बात हो कि उनके ख़याल में मुझ जैसा कम-अक़्ल आदमी ही बरतानिया पर भारी हो सकता है।"

1. ब्रिटिश

गांधी जी को दंगल के आयोजक एक दफ़ा दंगल देखने के लिए ले गए।
गांधी जी ने दंगल के लिए तैयार अपने सामने खड़े दो पहलवानों को संबोधित करते हुए कहा, "मुझसे कुश्ती लड़ोगे।"
इस पर दोनों पहलवानों ने उनके पाँव छुए और बोले, "आपने तो पूरी बरतानिया[1] हुकूमत को चित कर दिया भला हम आपसे कैसे जीत सकते हैं।"

1. ब्रिटिश

गांधी जी की सालगिरह के मौक़े पर उनके माथे पर टीका लगाते हुए सरोजनी नायडू ने विनोद में ये फ़िक़रा कसा, "आज तो गांधी जी आप दुल्हा दिखाई देते हैं।"
बापू भला कहाँ चूकने वाले थे।
उन्होंने तपाक से जवाब दियाः "दुल्हन जो साथ है।"

जब महात्मा गांधी यूरोप के सफ़र के दौरान पैरिस पहुँचे तो कस्टम वालों ने उनका सामान देखना चाहा। उस पर उन्होंने दिखाते हुए कहा, "मेरे पास ये चर्ख़ा है, खाने के बरतन हैं, बकरी के दूध के डिब्बे हैं, हाथ के बुने हुए तौलिए और धोतियाँ हैं और इसके अलावा मेरी अपनी व्यक्तिगत प्रसिद्धि है, जिसकी आपके लिए ज्यादा क़ीमत नहीं होगी।"

आल इंडिया काँग्रेस के 1925 की सभा में गांधी जी अध्यक्ष थे, और उनकी तजवीज़[1] पर सरोजनी नायडू अगले साल के लिए सदर[2] चुनी गईं तो उन्होंने अपने अध्यक्षीय कार्यकाल का विवरण देते हुए कहा, "अब ये भार मैं अपने कमज़ोर कंधों से उतार कर (सरोजनी नायडू की तरफ़ इशारा करते हुए) उनके मज़बूत मगर ख़ूबसूरत कंधों पर डाल रहा हूँ।"

1. राय 2. अध्यक्ष

शहज़ादे फ़िलिप की मँगनी शहज़ादी एलीज़ाबेथ से तय हुई तो गांधी जी बहुत ख़ुश हुए और लॉर्ड माउंटबेटन को ख़त लिखा, "... आप के भतीजे की शादी इंगलिस्तान की होने वाली मलका से तय हुई है। इसकी मुझे बेहद ख़ुशी है। इस मुबारक मौक़े पर मैं शादी का तोहफ़ा देना चाहूँगा, लेकिन ये तो सभी को मालूम है कि मेरे पास कुछ भी नहीं है।"
लॉर्ड माउंटबेटन ने उन्हें जवाब दिया, "आपके पास बेशक कुछ नहीं, लेकिन चर्ख़ा तो है, बस उसी को खड़खड़ाइए और उनके लिए कुछ बुन डालिए।"
गांधी जी को ये तजवीज़ बहुत पसंद आई और उन्होंने एक ख़ूबसूरत मेज़पोश तोहफ़े में दिया। उसी वाक़िया को प्रिंस आफ़ वेल्स ने गांधी शादी के लंदन वाले जश्न में बहुत ही प्रेम से दोहराया है।

एक मशहूर मूर्तिकार महिला गांधी जी के आश्रम में उनकी मूर्ति बनाना चाहती थीं, लेकिन गांधी जी को फ़ुरसत ही न थी कि चैन से बैठें। एक दिन उसके दो ख़ूबसूरत लड़कों को देखकर वह बोलेः "तुम्हें ईश्वर ने इतने ख़ूबसूरत बच्चे दिए हैं फिर भी तुम मूर्ति बनाना चाहती हो?"

गांधी जी जहाँ भी जाते थे, पत्रकार उनके पीछे-पीछे जाते थे। एक मर्तबा एक पत्रकार ने उनसे पूछा, "क्या आप यक़ीन रखते हैं कि मरने के बाद आप स्वर्ग में जाएँगे?"

"स्वर्ग में जाऊँगा या नरक में, ये मैं नहीं जानता, मगर इतना ज़रूर जानता हूँ कि जहाँ भी जाऊँगा वहाँ पत्रकार ज़रूर होंगे।"

गांधी जी एक मर्तबा रेल में सफ़र कर रहे थे। एक स्टेशन पर अपने डिब्बे के दरवाज़े पर खड़े थे। रेलगाड़ी आगे बढ़ी तो झटके से उनके एक पैर की चप्पल नीचे गिर पड़ी। गाड़ी भी रफ़्तार पकड़ चुकी थी। उन्होंने फ़ौरन अपनी दूसरी चप्पल को भी फेंक दिया। साथियों ने हैरत से वजह पूछी तो उनका जवाब बेहद माक़ूल था, "जिस किसी को एक चप्पल मिलेगी तो वो उसके लिए बेकार होगी और ये जो मेरे पास रह गई है, वो मेरे लिए बेकार थी, लिहाज़ा मैंने उसे बाहर फेंक दिया। इससे जिसको पहली चप्पल मिलेगी, ढूँढेगा तो दूसरी भी मिल जाएगी।"

पूना में आग़ा ख़ाँ के महल से नज़रबंदी से छूटने पर पंडित मदन मोहन मालवीय जी ने महात्मा गांधी को मुबारकबाद का तार भेजा और लिखाः

"ईश्वर की महान इच्छा है कि आप सौ साल तक जिएँगे तथा मातृभूमि और मानव जाति की ख़िदमत करते रहेंगे ।"

गांधी जी हमेशा कहा करते थे और उनको ऐसी उम्मीद भी थी कि वह एक सौ पच्चीस साल तक ज़िंदा रहेंगे। ये तार मिलने पर उन्होंने जवाब दिया, "ज्यादा बेचैनी में आपने मेरी अपेक्षित उम्र से पच्चीस साल घटा दिए। अब जो ऐसा किया ही है तो ये पच्चीस बरस आप ख़ुद अपनी उम्र में इज़ाफ़ा कर लीजिए।"

मौलाना मोहम्मद अली जौहर

जीवनकाल:
1878-1931

मौलाना मोहम्मद अली जौहर का जन्म रामपुर में हुआ। उन्हीं के नाम पर रामपुर में जौहर विश्वविद्यालय बनाया गया। प्रसिद्ध कवि,पत्रकार होने के साथ ख़िलाफ़त आंदोलन के नायकों में गिने जाते हैं। महात्मा गांधी के सहयोगी और इंडियन नेशनल कांग्रेस के अध्यक्ष रहे।

मौलाना मुहम्मद अली जौहर के लतीफ़े

मौलाना मोहम्मद अली जौहर रामपुर के रहने वाले थे। एक दफ़ा सीतापुर गए तो खाने के बाद इंतज़ाम देखने वाले ने पूछा कि आप मीठा तो नहीं खाएँगे(क्योंकि मौलाना शुगर के मरीज़ थे)!
मौलाना बोले, "भई क्यों नहीं लूँगा? मेरे ससुराल का खाना है, इनकार कैसे कर दूँ!" ये सुनकर सब लोग हैरान हो गए और पूछा कि सीतापुर में आपका ससुराल कैसे हुआ, मौलाना बोले: "सीधी सी बात है कि मैं रामपुर का रहने वाला हूँ तो ज़ाहिर है कि सीतापुर मेरा ससुराल हुआ।"

मौलाना मोहम्मद अली जौहर, मौलाना ज़ुल्फ़िकार अली ख़ाँ गौहर और शौकत अली तीन भाई थे। शौकत साहिब मंझले थे। अधेड़ उम्र में उन्होंने एक इटालियन औरत से शादी कर ली।
पत्रकारों ने और सवालात करने के बाद मौलाना शौकत अली से पूछा कि आपके बड़े भाई गौहर हैं और आपके छोटे भाई जौहर, आपका क्या तख़ल्लुस है, तो फ़ौरन बोले: "शौहर!"

शिमला की दावत में जहाँ सब ऊँचे और सरकारी तबक़े के लोग जमें थे, मौलाना मोहम्मद अली जौहर भी अपने फ़क़ीराना लिबास में वहाँ मौजूद थे। गुफ़्तगू उर्दू ज़बान में हो रही थी, किसी बात पर उलझ कर मौलाना ने अँग्रेज़ी में बोलना शुरू कर दिया। अब कौन उनके सामने टिकता। वहाँ एक हिंदू रानी भी मौजूद थीं। उनसे न रहा गया, एक मौलवी को यूँ फ़र-फ़र अँग्रेज़ी बोलते देख कर पूछ बैठीं, "मौलाना! आपने इतनी अच्छी अँग्रेज़ी कहाँ से सीखी?"
मौलाना ने जवाब दिया: "ये अँग्रेज़ी मैंने एक मामूली से क़स्बे से सीखी है।"
रानी ने हैरानी से पूछा, "क्या नाम है उस क़स्बे का?"
मौलाना ने निहायत सादगी से जवाब दिया, "आक्सफ़ोर्ड"
मौलाना के इस जवाब पर महफ़िल और ख़ुशगवार हो गई।

जब कांग्रेस ने नमक आंदोलन शुरू किया और गाँधी जी ने मौलाना मोहम्मद अली जौहर को भी नमक बनाने और सिविल नाफ़रमानी के आंदोलन में हिस्सा लेने की दावत दी तो मौलाना ने जवाब में फ़रमाया, "मैं क्या नमक बनाऊँगा, क़ौम के ग़म में दस साल से शक्कर जो बना रहा हूँ।" (मौलाना को शुगर था)

जवाहर लाल नेहरु

जीवनकाल:

1889-1964

पंडित जवाहर लाल नेहरू महान स्वतंत्रता सेनानी और भारत के पहले प्रधानमंत्री थे। उनके पिता का नाम पंडित मोतीलाल नेहरू था, जो प्रसिद्ध वकील और आज़ादी के नायकों में से एक थे। उनकी मां का नाम स्वरूप रानी नेहरू था। जो उदात्त विचारों की करुणाशील महिला थीं।

जवाहर लाल नेहरू के लतीफ़े

जिस ज़माने में फ़िराक़ साहिब कांग्रेस के अंडर-सेक्रेट्री थे और आनंद भवन में उनका दफ़्तर था। उनको नए फ़ैशन के कपड़ों का शौक़ हो गया। उन्होंने एक फूलदार क़मीज़ सिलवाई जिसमें रंग-बिरंगे छोटे-बड़े फूल बने थे।
पहले ही दिन जब वह उस क़मीज़ को पहन कर आनंद भवन गए तो जवाहर लाल नेहरू ने उनको देखते हुए कहा: "अगर किसी जानवर ने देख लिया तो आपको चर जाएगा।"

पंडित जवाहर लाल नेहरू लंदन में अँग्रेज़ी के विश्वप्रसिद्ध विद्वान और साहित्यकार बर्नार्ड शॉ से मिले। बाहर निकले तो एक अँग्रेज़ी संवाददाता ने उनसे पूछा, "बर्नार्ड शॉ से आपकी क्या गुफ़्तगू हुई।
पंडित जी ने कहा, "ख़ास बात तो कोई नहीं हुई। मैंने उनकी बकवास सुनी, उन्होंने मेरी।"

जब 1947 में दिल्ली के पुराने क़िले में एशियाई देशों के नेताओं की कॉन्फ्रेंस हुई तो आख़िरी कॉन्फ्रेंस का सदर[1] पंडित जवाहर लाल नेहरू को चुन लिया गया।
पंडित जी ने शुक्रिया अदा करते हुए कहा, "मैं इतना ग़ैर-ज़िम्मेदार हूँ कि हर ओहदा क़बूल कर लेता हूँ।"

1. अध्यक्ष

एक मर्तबा पंडित जवाहर लाल नेहरू ने यात्रा में लखनऊ रेलवे स्टेशन पर रेलवे अधिकारी को बुला कर बहुत बुरी तरह फटकारा और कहा: "आप लोगों ने मुझे निरा जाहिल बना कर रख दिया है। हर तरफ़ हिंदी के बोर्ड लगे हैं, कुछ पता ही नहीं चलता कि ये खाने का कमरा है या ग़ुसलख़ाना!!"
('खाना' का अर्थ भोजन होता है परंतु नुक़्ता लगा देने से 'ख़ाना' का अर्थ जगह हो जाता है)

जोश मलीहाबादी एक मर्तबा पंडित नेहरू के यहाँ गए। देखा कि वो दरवाज़े पर खड़े रफ़ी अहमद क़िदवाई से बातें कर रहे हैं। जैसे ही जोश ने बरामदे में क़दम रखा तो पंडित जी एक सेकंड के अंदर किसी और तरफ़ चले गए।

जोश की पठानियत जाग गई, उन्होंने क़िदवाई साहिब से कहा, "मैं तो अब यहाँ नहीं ठहरूँगा। पंडित जी से कह दीजिएगा वह प्राइम मिनिस्टर हैं तो हम भी पठान हैं।"

पंडित जी ने वापस आकर जोश साहिब से पूछा, "क्या बात है?"

क़िदवाई साहिब ने सारा माजरा बयान कर दिया। पंडित जी ने जोश से फुसफुसाते हुए कहा, "मुझे सख़्त पेशाब लग रहा था। अगर एक मिनट की भी देर हो जाती तो कपड़े ख़राब हो जाते।"

जिगर मुरादाबादी

जीवनकाल:
1890-1960

जिगर का जन्म मुरादाबाद में हुआ। उन्होंने शराब, इश्क़, मस्ती जैसे पुराने विषयों को नवीन भावबोध में ढालकर उर्दू कविता पर उल्लेखनीय प्रभाव छोड़ा। बीसवीं सदी के शुरुआती पाँच दशक उन्हीं की शायरी के नाम रहे।

जिगर मुरादाबादी के लतीफ़े

एकबार मुशाइरा हो रह था। एक सर्वमान्य उस्ताद उठे और शे'र मुकम्मल करने के लिए एक मिसरा उछाल दिया, "चमन से आ रही है बू-ए-कबा"
बड़े-बड़े शाइरों ने ज़ोर-आज़माई की लेकिन कोई गिरह न लगा सका। उनमें से एक शाइर ने क़सम खा ली कि जब तक गिरह न लगाएँगे, चैन से नहीं बैठेंगे। चुनाँचे वो हर सुबह दरिया के किनारे निकल जाते और ऊँची आवाज़ से अलापते, "चमन से आर ही है बू-ए-क़बा[1]..."
एक रोज़ उधर से एक कम उम्र लड़का गुज़रा, ज्यों ही शाइर ने ये मिसरा पढ़ा, वो लड़का बोल उठा, "किसी बुलबुल का दिल जला होगा"
शाइर ने दौड़कर उस लड़के को सीने से लगा लिया। यही लड़का बड़ा होकर जिगर मुरादाबादी के नाम से प्रसिद्ध उस्ताद बना।

1. लिबास की महक

एक-बार जिगर, शौकत थानवी और मजरूह सुलतानपुरी दोपहर के वक़्त कहीं काम के लिए बाहर निकले थे तो इरादा किया कि नमाज़ अता की जाए। शौकत साहिब एक काम के लिए चले गए। जिगर साहिब मस्जिद के बजाय एक रेस्टोरेंट में जा घुसे।
मजरूह ने कहा, "जिगर साहिब ये मस्जिद नहीं रेस्टोरेंट है!"
जिगर ने जवाब दिया, "मुझे मालूम है। सोचा कि वक़्त कम है। अल्लाह को तो ख़ुश कर नहीं सकता। उसके बंदों को ही ख़ुश कर लूँ, आप भी आइए।"

एक-बार जोश मलीहाबादी ने जिगर साहिब को छेड़ते हुए कहा, "क्या भयानक हाल बना रखा है आपने, शराब ने आपको शराबी से मौलवी बना दिया और आप अपना मुक़ाम भूल बैठे। मुझे देखिए, मैं रेल के खंबे की तरह अपने मुक़ाम पर आज भी वहीं अटल खड़ा हूँ, जहाँ आज से वर्षों पहले था।"
जिगर साहिब ने जवाब दिया, "बेशक आप रेल के खंबे हैं और मेरी ज़िंदगी रेल-

गाड़ी की तरह है, जो आप जैसे हर खंबे को पीछे छोड़ती हुई हर मुक़ाम से आगे अपना मुक़ाम बनाती जा रही है।"

जिगर मुरादाबादी के किसी शेर की तारीफ़ करते हुए किसी मनचले ने उनसे कहा: "हज़रत! उस ग़ज़ल के फलां शे'र को मैंने लड़कियों के एक हुजूम में पढ़ा और पिटने से बाल-बाल बचा।"
जिगर साहिब ने हँसते हुए कहा:
"प्यारे! उस शे'र में ज़रूर कोई ख़ामी होगी वर्ना आप ज़रूर पिटते।"

गोंडा के एक मुशाइरे में जिगर मुरादाबादी के साथ स्टेज पर और बहुत से शाइर बैठे हुए थे। जिगर साहिब के नए काव्य-संग्रह 'शोला-ए-तूर[1]' की तुलना उनके पहले संग्रह 'आतिश-ए-गुल[2]' से हो रही थी।
एक स्थानीय शाइर जो जिगर साहिब से जलते थे, इस ज़िक्र से काफ़ी परेशान थे। जब उनके पढ़ने का वक़्त आया तो इत्तिफ़ाक़न सामने लटका हुआ गैस भभक गया और उसमें से सुर्ख़-रंग की लपटें निकलने लगीं। इस पर वो शाइर बोले कि ज़रा इस 'आतिश-ए-गुल' को मेरे सामने से हटाओ।
मेरी आँखों के लिए इसकी रौशनी नुकसानदेह है। जिगर साहिब इस जुमले में छुपे हुए तंज़ को समझ गए लेकिन ख़ामोश रहे। आयोजकों ने जब नया गैस लाकर सामने रखा तो जिगर साहिब बोले, "लीजिए जनाब अब तो आपके सामने 'शोला-ए-तूर' लाकर रख दिया है। इससे आपकी निगाहें ज़रूर खैरा[3] हो जाएँगी।"

1. तूर पर्वत की ज्वाला 2. फूल की लपट 3. कत्थई

रशीद अहमद सिद्दीक़ी

जीवनकाल:
1892-1977

रशीद अहमद सिद्दीक़ी का जन्म जौनपुर में हुआ। अपनी अनोखी और शानदार शैली के कारण प्रसिद्ध, रशीद अहमद सिद्दीक़ी बेहतरीन हास्य-व्यंग्य लिखने के साथ-साथ उच्चकोटि के आलोचक भी हैं। इनकी किताब "ग़ालिब की शख़्सियत और शायरी" के लिए इन्हें साहित्य अकादमी पुरस्कार से नवाज़ा गया।

हकीम अब्दुल लतीफ़ और रशीद साहिब नैनीताल में थे। शाम के वक़्त सैर को निकले तो कुछ देर सुस्ताने को एक जगह गए। उनसे ऊपर कुछ औरतें बैठी थीं। थोड़ी देर बाद उनकी तरफ़ से दो चार कंकर लुढ़क कर नीचे आए और उनमें से एक रशीद साहिब के चश्मे पर लगा।

रशीद साहिब ने हकीम साहिब की तरफ़ देखकर कहा, "हकीम साहिब आपने कुछ किया हो तो किया हो, लेकिन संगसार[1] मैं किया जा रहा हूँ।"

1. पत्थरों से मारना

एक दिन मुमताज़ हैदर साहिबा (प्रिंसिपल,गर्ल्सकॉलेज, अलीगढ़) ने रशीद साहिब को ख़त लिखा कि गर्ल्स कॉलेज की मीटिंग के लिए तारीख़ तय कर दें।

रशीद साहिब ने जवाब में लिखा, "तारीख़ तो लड़की वालों की तरफ़ से तय की जाती है, आप मुझसे तारीख़ का इसरार[1] कर रही हैं।"

1. अनुरोध

इस्मत चुग़ताई जब पहली बार रशीद साहिब से मिलने आईं तो रशीद साहिब खुर्पी लिए गुलाब के पौधों की देख-भाल कर रहे थे। वह समझीं कोई माली है। उनसे कहा, "रशीद साहिब से मिलना है, उन्हें इत्तिला कर दो।

रशीद साहिब इसी तरह खड़े रहे। इस्मत को लगा कि इस आदमी ने समझा नहीं। बोलीं, "शायद अभी नए आए हो।" रशीद साहिब ने कहा, "इस घर में सबसे पुराना मैं ही तो हूँ।"

इरफ़ानी साहिब एक रोज़ रशीद साहिब से मिलने गए, इसके पहले कि रशीद साहब आएँ, वह बड़ी सिद्दत से गुलाब के पौधे देखने और सोचने लगे कि गुलाबों की तारीफ़ में कोई ऐसा जुमला कहूँ, जिससे रशीद साहिब ख़ुश हो जाएँ।

अचानक रशीद साहिब बरामदे से बाहर आए और इरफ़ानी साहिब को गुलाब के पौधों को इतने ग़ौर से देखता देखकर, मुस्कुराते हुए कहा कि "हज़रत इस क़दर ग़ौर से क्या देखा जा रहा है?"

इरफ़ानी साहब ने जवाब दिया, "फूलों की इस ख़ूबसूरती को देखकर बस जी चाहता है कि अभी जान दे दूँ और इन्हीं गुलाबों के नीचे मेरी क़ब्र हो।" रशीद साहिब व्यंग्यपूर्ण मुस्कान के साथ कहने लगे कि "साहिब! आगरा से देहली तक बहुत सी जगहें थीं। आपने क़ब्रिस्तान बनाने के लिए मेरे ही घर का चुनाव क्यों किया?"

एक ख़ातून जो रशीद साहिब की प्रशंसक थीं, अपने शौहर के साथ उनसे मुलाक़ात को आईं। गुफ़्तगू के दौरान कहने लगीं, "मैं आपको उस वक़्त से जानती हूँ और तब से पसंद करती हूँ, जब मेरी शादी भी नहीं हुई थी।"

रशीद साहिब ने फ़ौरन जवाब दिया, "ग़ज़ब किया आपने कि मुझे जानती तो आप शादी के पहले से हैं और मुलाक़ात को अब इस वक़्त आईं, जब आपकी शादी हो चुकी है।"

डॉक्टर आमिना ख़ातून अलीगढ़ मुस्लिम यूनिवर्सिटी के उर्दू विभाग में इंशा पर पी.एच.डी. के लिए काम रही थीं। उन दिनों प्रोफ़ेसर रशीद अहमद सिद्दीक़ी वहाँ उर्दू विभाग के अध्यक्ष थे।

इसी दौरान आमिना ख़ातून माँ बनने वाली थीं और डिलीवरी का वक़्त क़रीब आ गया तो उन्होंने विभाग में छुट्टी के लिए दरख़्वास्त दी।

दरख़्वास्त जब रशीद साहिब के यहाँ पहुँची तो उन्होंने छुट्टी लेने की वजह पता की, जब रशीद साहिब को मालूम हुआ कि ये माँ बनने वाली हैं तो उन्होंने फ़रमाया "हमने तो उन्हें तहक़ीक़[1] के लिए बुलवाया था, लेकिन उन्होंने तो तख़लीक़[2] शुरू कर दी।"

1. रिसर्च 2. निर्माण

अलीगढ़ में अशिक्षित मगर पढ़े लिखों की सोहबत में रहने वाले एक साहिब उस्ताद छुहारा हुआ करते थे। वह हर साहित्यिक महफ़िल में जा पहुँचते। प्रोफ़ेसर रशीद अहमद अध्यक्षता कर रहे थे। जब सब लोग अपना विचार व्यक्त कर चुके तो रशीद साहिब ने उस्ताद छुहारा की और मुख़ातिब होकर के कहा, "उस्ताद आप भी कुछ कहिए।"

उस्ताद ने दोनों हाथ बाँधकर अर्ज़ किया, “हुज़ूर मैं जाहिल आदमी भला इस बारे में क्या कह सकता हूँ।”
रशीद साहिब ने कहा, “नहीं उस्ताद कभी-कभी जाहिल आदमी भी बड़े पते की बात कह जाता है।”
उस्ताद छुहारा ने तपाक से कहा, “क्या पते की बात कही है आपने।”

एक मर्तबा बच्चे शैतानी कर रहे थे और रशीद अहमद सिद्दीक़ी साहिब के काम मे ख़लल पड़ रही थी तो उन्होंने अपनी बेगम को संबोधित करते हुए कहा, “तुम्हारे बच्चे मुझे काम नहीं करने दे रहे।”
“मेरे बच्चों से तुम्हारा क्या मतलब है? मैं उन्हें दहेज़ में ले कर तो नहीं आई थी।” बेगम ने जवाब दिया।
इस पर रशीद अहमद बोले, “मैं भी इन्हें अपनी बारात में साथ ले कर नहीं गया था।”

फ़िराक़ गोरखपुरी

जीवनकाल:
1896-1982

फ़िराक़ गोरखपुरी का असली नाम रघुपति सहाय था। उनका जन्म गोरखपुर में हुआ। इलाहबाद विश्वविद्यालय में अंग्रेज़ी के प्रोफ़ेसर रहे। उनकी रचनात्मकता, साहित्यबोध और साहित्य-सेवा के लिए साहित्य अकादमी, ज्ञानपीठ आदि पुरस्कारों के साथ-साथ पद्मभूषण से अलंकृत किया गया।

फ़िराक़ गोरखपुरी के लतीफ़े

फ़िराक़ साहिब और साहिर होशियारपुरी एक साथ अमृतसर के एक होटल में पहुँचे। साहिर ने होटल का रजिस्टर भरना शुरू किया। फ़िराक़ साहिब पास की एक कुर्सी पर बैठ गए।

साहिर साहिब पेशा वाले कॉलम पर पहुँचे तो फ़िराक़ साहिब की तरफ़ मुड़कर बोले:

"क्यों साहिब, मैं अपना पेशा क्या लिख दूँ?"

"मा'शूक़ लिख दो।" फ़िराक़ साहिब ने उन्हें याद दिलाया।

"इस उ'म्र में?" साहिर बोले, "तो क्या हुआ, आगे पेंशन याफ़्ता भी लिख दो।" फ़िराक़ साहिब ने तपाक से कहा।

कानपुर के एक मुशाइरे में जब एक शाइर अपना कलाम पढ़ रहे थे तो नुशूर वाहिदी ने टोका, "शे'र मीटर से बेनियाज़[1] हैं।"

फ़िराक़ ने जवाब दिया, "पढ़ने दो, ये ज़माना मीटर का नहीं किलोमीटर का है।"

1. ख़ारिज, तकनीकी रूप से शेर का छंद में न होना

एक-बार फ़िराक़ कुछ हिंदी के लेखकों की महफ़िल में पहुँचे, इधर-उधर की बातों के बाद गुफ़्तुगू का रुख हिंदी और उर्दू की तरफ़ मुड़ गया। हिंदी के एक विद्वान ने कहा, "फ़िराक़ साहिब! उर्दू भी कोई ज़बान है। इसमें गुल-ओ-बुलबुल के अलावा और है ही क्या! हल्की-फुल्की और गुदगुदी पैदा करने के अलावा संजीदा और ऊँचे क़िस्म की फ़िलासफ़ी की बातें इस ज़बान में अदा नहीं की जा सकतीं। आप बड़े शाइर ज़रूर हैं, लेकिन उर्दू एक घटिया ज़बान है।"

फ़िराक़ बहुत संजीदगी से ये सब सुनते रहे फिर एक सिगरेट सुलगाते हुए कहने लगे:

"हर गँवार इंसान, ख़ूबसूरत चीज़ के बारे में वही कहता है, जो आपने उर्दू के बारे में फ़रमाया है।"

फ़िराक़ साहिब जब पाकिस्तान के दौरे से वापस आए, जहाँ उनकी बड़ी आव-भगत हुई थी, तो कुछ लोग उनसे मिलने आए। उस ज़माने में दोनों मुल्कों में आमद-ओ-रफ़्त पर बड़ी पाबंदियाँ थीं और लोग एक दूसरे के बारे में जानने के बड़े ख़्वाहिशमंद रहते थे। फ़िराक़ साहिब ने उन लोगों को पाकिस्तान के बारे में बहुत सी बातें बताईं, मगर लोगों को तसल्ली नहीं हुई। एक साहिब बोले:

"वैसे वहाँ आम लोगों का क्या हाल है?"

फ़िराक़ साहिब ने जवाब दिया:

"भाई लोग बहुत उदास हैं, बहुत दुखी हैं।"

उन साहिब ने पूछा, "मगर क्यों उदास हैं?"

फ़िराक़ साहिब ने निहायत भोलेपन से जवाब दिया, "वहाँ अब हिंदू ही नहीं रहे, झगड़ें किस से?"

फ़िराक़ प्रोफ़ेसर एजाज़ हुसैन के साथ उनके किसी काम से इलाहाबाद के जज साहिब के बंगले पर पहुँचे। उन्हें ड्राइंग रूम में बिठाया गया। मालूम हुआ कि जज साहिब अभी पूजा कर रहे हैं। इतने में जज साहिब के पिता, जिनकी उम्र पचहत्तर-अस्सी के करीब रही होगी,आ गए।

एजाज़ साहिब ने पूछा, "कैसे मिज़ाज हैं आपके, आजकल आप क्या कर रहे हैं?"

जज साहिब के वालिद बुज़ुर्गवार कुछ ऊँचा सुनते थे।

एजाज़ साहिब के जुमलों को ठीक से सुन न पाए। इतने में फ़िराक़ बोल पड़े, "आजकल आप जज साहिब की फ़ादरी कर रहे हैं।" बुज़ुर्गवार फिर सुनने से चूक गए और फ़रमाया, "फ़िराक़ साहिब ठीक फ़रमाते हैं।"

दिल्ली के एक शाइर, जो सरकारी अफ़्सर भी थे, एक बार इलाहाबाद तशरीफ़ लाए और फ़िराक़ साहिब से फ़र्माइश की कि वो उनकी नयी किताब पर कुछ लिख दें। फ़िराक़ ने मुरव्वत में चंद रस्मी बातें लिख दीं। जैसे ये कि: "ये शाइर हैं...शेर कहते हैं....दिल्ली में रहते हैं....सरकारी मुलाज़िम हैं....कविता की किताब छपवा रहे हैं .....वग़ैरा।"

शाइर ने ख़ुशी-ख़ुशी लेकर पढ़ा मगर पढ़ने के बाद कुछ तसल्ली नहीं हुई बोले: "फ़िराक़ साहिब इसमें बस एक जुमला और बढ़ा दीजिए।" उन्होंने क़रीब-क़रीब गिड़गिड़ाते हुए कहा कि "......ने उर्दू ग़ज़ल को नया मोड़ दिया है।"
फ़िराक़ साहिब बोले:
"मगर ग़ज़ल मुड़ी तो नहीं।"

एक दफ़ा सफ़र में फ़िराक़ साहिब के साथ एक पारसी नौजवान मिस्टर दारुवाला भी इत्तिफ़ाक़ से उसी कम्पार्टमेंट में थे। रास्ते भर दिलचस्प बातें होती रहीं। इलाहाबाद का स्टेशन आया तो फ़िराक़ साहिब उतरने की तैयारी करने लगे।
मिस्टर दारूवाला ने कहा कि वो उनके घर आकर उनसे लंबी बातचीत करना चाहते हैं और फ़िराक़ साहिब से दरख़्वास्त की कि वो अपने घर का पता बता दें।
फ़िराक़ साहब ने कहा, "मैं बैंक रोड पर रहता हूँ। वहाँ पहुँचकर मेरा घर पूछने के बजाय आप किसी को भी अपना नाम दारू बता दीजिएगा।"
"लेकिन..."
"लेकिन कुछ नहीं। लोग यह नाम सुनकर आपको ख़ुद ही मेरे यहाँ पहुँचा देंगे।" फ़िराक़ साहिब ने बड़े इत्मिनान से उन्हें समझाया।

एक मर्तबा जगन्नाथ आज़ाद इलाहाबाद में फ़िराक़ गोरखपुरी के यहाँ ठहरे हुए थे। जब खाना लाया गया तो फ़िराक़ ने आज़ाद को संबोधित करते हुए कहा,
"खाइए आज़ाद साहिब! निहायत लज़ीज़ गोश्त है।"
आज़ाद ने मज़ाक़ में हुए एक आम सा फ़िक़रा कस दिया,
"आप खाइए, हम तो रोज़ ही खाते हैं।"
फ़िराक़ ने फ़ौरन आज़ाद की बात काटते हुए जवाब दिया:
"लेकिन ये ख़ालिस घी में पका हुआ है।"

एक लेखक किसी जगह बड़े गंभीर अंदाज़ में बयान कर रहे थे :
"पिछले दिनों अपना मकान बनवाने के लिए मुझे अपने गाँव जाना पड़ा।
जब ज़मीन खुदवाई गई तो बिजली की तारें मिलीं और बिजली की वो तारें अंदाज़न

दो तीन हज़ार साल पुरानी थीं। इससे अंदाज़ा होता है कि दो तीन हज़ार साल पहले भी हमारे मुल्क में बिजली मौजूद थी।"

फ़िराक़ गोरखपुरी भी वहीं मौजूद थे। जब ये बात सुनी तो बड़ी गंभीरता से कहने लगे: "जी हाँ, और मैंने अपना मकान बनवाने के लिए जब ज़मीन खुदवाई तो कुछ भी नहीं मिला। इस से अंदाज़ा होता है कि पुराने वक़्तों में हमारे मुल्क में वायरलैस भी रहा होगा।"

एक बे-तकल्लुफ़ महफ़िल में मजनूँ गोरखपुरी ने फ़िराक़ साहिब से पूछा :

"चटकना और चटख़ना में किसका इस्तिमाल कहाँ करना मुनासिब है?"

फ़िराक़ साहिब ने पहले तो क़हक़हा लगाया फिर बोले:

"चटकती है कली, और जूतियाँ चटख़ाई जाती हैं।"

एक मुशाइरे में फ़िराक़ के बाद सामेईन[1] की तरफ़ से एक नौजवान शाइर ज़ुबैर रिज़वी से कलाम सुनाने की फ़र्माइश की गई।

मुशाइरे के सेक्रेटरी ने ज़ुबैर को माइक पर बुलाया तो वो निहायत नियाज़मंदी[2] से झिझकते हुए कहने लगे:

"क़िबला![3] फ़िराक़ साहिब के बाद मैं क्या शेर पढ़ूँगा?"

फ़िराक़ ने ये सुनकर बड़ी नियाज़मंदी से फ़रमाया:

"वाह मियाँ! तुम अगर मेरे बाद पैदा हो सकते हो तो मेरे बाद शेर क्यों नहीं पढ़ सकते?"

1. सुनने वाले 2. तमीज़ के साथ 3. प्रतिष्ठित या बुज़ुर्ग व्यक्ति के लिए संबोधन का शब्द

एक मुशाइरे में हर शाइर अपना कलाम खड़े हो कर सुना रहा था। फ़िराक़ साहिब की बारी आई तो वो बैठे रहे और माइक उनके सामने लाकर रख दिया गया।

मजमे से एक शोर बुलंद हुआ:

"खड़े हो कर पढ़िए...खड़े हो कर पढ़िए।"

जब शोर ज़रा थमा तो फ़िराक़ साहिब ने बहुत मासूमियत के साथ माइक पर ऐलान किया: "मेरे पायजामे का नाड़ा टूटा हुआ है (एक क़हक़हा लगा) क्या आप अब भी

ब-ज़िद हैं कि मैं खड़े हो कर पढ़ूँ?"
मुशाइरा क़हक़हों में डूब गया।

फ़िराक़ साहिब की सारी ज़िंदगी तन्हाई में गुज़री। आख़िरी ज़माने में तो घर में नौकरों के सिवा और कोई नहीं रहता था। कभी-कभी तो तन्हा इतने बड़े घर में ख़ामोश बैठे हुए सिगरेट पिया करते थे। ख़ास-तौर से शाम को ये तन्हाइयाँ दर्दनाक हद तक गहरी हो जाती थीं।

एक ऐसी ही शाम को, जब नौकर बाज़ार गया हुआ था, एक गुंडा मौक़ा देखकर दबे-पाँव घर में घुस आया। उसने चाक़ू निकालकर फ़िराक़ साहिब के सीने पर रख दिया और पैसे माँगने लगा।

फ़िराक़ साहिब उसको चुपचाप देखते रहे फिर बोले:

"अगर तुम जान लेना चाहते हो तो मैं कुछ नहीं कहना चाहता। अगर रुपया चाहते हो तो वो मेरे पास नहीं है। नौकर बाज़ार गया हुआ है...बैठ जाओ...अभी आ जाएगा तो तुम्हें रुपया दिला दूँगा।" चोर बैठ गया। फ़िराक़ साहिब ने एक नज़र उसकी तरफ़ देखा और फिर बोले:

"अच्छा हुआ तुम आ गए। मैं बड़ी तन्हाई महसूस कर रहा था।"

हफ़ीज़ जालंधरी

जीवनकाल:
1900-1982

हफ़ीज़ जालंधरी का जन्म जालंधर में हुआ। भगवान कृष्ण पर नज़्म लिखने वाले जालंधरी ने जगन्नाथ आज़ाद के बाद पकिस्तान का दूसरा क़ौमी तराना लिखा।

अबुल असर हफ़ीज़ जालंधरी के लतीफ़े

सर के बालों के मामले में हफ़ीज़ साहिब "फ़ारिग़ुलबाल[1]" थे।
किसी ख़ुश फ़िक्र दोस्त ने कहा: "हफ़ीज़ साहिब! सर के बाल न होने से कोई तकलीफ़ तो नहीं होती?"
"तकलीफ़ क्या होगी?"
हफ़ीज़ साहिब ने जवाब दिया, "अलबत्ता वज़ू करते वक़्त ये मालूम नहीं होता कि मुँह को कहाँ तक धोना है।"

1. गंजे, बेफ़िक्र

दिल्ली के एक मुशाइरे में हफ़ीज़ जालंधरी अपनी ग़ज़ल सुना रहे थे कि फ़िराक़ गोरखपुरी ने दफ़अतन[1] बुलंद आवाज़ से कहना शुरू किया, "वाह हफ़ीज़ प्यारे! क्या गला पाया है... यार मेरा सारा कलाम ले लो मगर अपनी आवाज़ मुझे दे दो।" ये सुनकर हफ़ीज़ बरजस्ता[2] बोले, "जनाब फ़िराक़ साहिब! मैं आपका नियाज़-मंद[3] हूँ। मेरी आवाज़ तो क्या, आप मुझे भी ले लीजिए लेकिन ख़ुदा के लिए मुझे अपना कलाम न दीजिए।"

1. अचानक 2. तुरंत 3. आज्ञाकारी

पतरस बुख़ारी और हफ़ीज़ जालंधरी इकट्ठे सफ़र कर रहे थे कि एक स्टेशन पर पतरस के एक दोस्त इसी डिब्बे में दाख़िल हुए। पतरस ने ये कह कर हफ़ीज़ साहिब का तआरुफ़[1] उनसे कराया: "आप हैं हिन्दोस्तान के नामवर[2] शाइर, फ़िर्दोसी-ए-इस्लाम[3], मुसन्निफ़-ए-शाहनामा-ए-इस्लाम[4], नग़मा ज़ार[5] और सोज़-ओ-साज़[6] हज़रत अबुल असर हफ़ीज़ जालंधरी।" उस दोस्त ने इंतिहाई[7] आलम-ए-इश्तियाक़[8] में हाथ बढ़ा के उनसे मुसाफ़ा[9] करते हुए कहा, "अच्छा आप जालंधर के रहने वाले हैं, अस्सलामु अलैकुम।"

1. परिचय 2. मशहूर 3. इस्लाम की जन्नत 4. इस्लाम धर्म के बारे में किताब लिखने वाले
5. गीत लिखने वाले 6. आग और संगीत 7. बेहद 8. दुनिया का बहुत ज़्यादा शौक़ 9. हाथ मिलाना

चराग़ हसन हसरत

जीवनकाल:
1904-1955

चराग़ हसन हसरत का जन्म कश्मीर में हुआ। 'सिंदबाद जहाजी' नाम से लिखे गए इनके कॉलम उस समय बहुत प्रसिद्ध हुए। हास्य के साथ-साथ इन्होंने गंभीर साहित्य पर भी बखूबी काम किया, जिसके उदाहरण 'जिन्ना' और 'इक़बाल' पर लिखी उनकी किताबें हैं।

चराग़ हसन हसरत के लतीफ़े

किसी मुशाइरे में हफ़ीज़ जालंधरी अपनी ग़ज़ल सुनाते-सुनाते चराग़ हसन हसरत से मुख़ातिब हो कर बोले:
"हसरत साहिब! मिसरा उठाइए।"
और हसरत साहिब निहायत बेचारगी से कहने लगे,
"ज़रूर उठाऊँगा, अपनी तो उ'म्र ही ग़ज़लों के मिसरे उठाने और मुर्दों को कंधा देने में कट गई है।"

चराग़ हसन हसरत का क़द लंबा था। एक रोज़ बाज़ार गए। आमों का मौसम था। एक दुकानदार से भाव पूछा। दुकानदार ने पाँच आने सेर बताया। हसरत ने कहा-
"मियाँ आम तो बहुत छोटे हैं।"
दूकानदार ने कहा, "मियाँ नीचे बैठ कर देखो आम छोटे हैं या बड़े। कुतुबमीनार से तो बड़ी चीज़ भी छोटी नज़र आती है।"

मौलाना चराग़ हसन हसरत बुलंद-पाया[1] सहाफ़ी[2] इंशा-परदाज़[3] और शाइर थे। फ़ौज में कप्तानी के मंसब[4] पर फ़ाइज़[5] थे लेकिन डिस्पिलीन के पाबंद नहीं थे। सिंगापुर में तैनाती के ज़माने में जब करनल मजीद मलिक ने, जो ख़ुद भी शाइर थे, किसी मुआमला में मौलाना से तहरीरी बाज़पुर्स[6] की तो उन्होंने फ़ाइल पर ये शेर लिख कर भेज दिया।

जर्मनी भी ख़त्म इसके बाद जापानी भी ख़त्म
तेरी कर्नैली भी ख़त्म और मेरी कप्तानी भी ख़त्म

1. जिसका बहुत नाम हो 2. पत्रकार 3. निबंधकार 4. बड़े अधिकारी 5.नियुक्त 6. हाल पूछना

मौलाना चराग़ हसन हसरत बेहद ज़हीन-ओ-फ़तीन[1], अख़बार नवीस[2], शाइर, अदीब-ओ-नक़्क़ाद[3] होने के इलावा आला पाए के ज़बानदाँ[4] थे। हर एक का मज़ाक़ उड़ाना तो उनके बाएँ हाथ का खेल था। वो हफ़्ता-वार[5] 'शीराज़ा' शाया करते

थे। एक-बार जो शामत[6] आई तो हकीम यूसुफ़ हसन पर तंज़[7] किया:

"हकीम साहिब! अपने पर्चे को बेहतर बनाइऐ। ज़रा इस जानिब तवज्जो[8] दीजिए। क्यों अपना वक़्त ज़ाया[9] कर रहे हैं..."

हकीम साहिब ये पढ़ कर सीख़-पा[10] हो गए। किसकी मजाल थी जो उन पर अंगुश्तनुमाई[11] करे, हकीम साहिब ने जवाब दिया:

"हज़रत मौलाना पहले अपने घर की ख़बर लीजिए यहाँ तो चराग़ तले अंधेरा ही अंधेरा है। आपका 'शीराज़ा' न्यूज़ एजेंटों के हाँ[12] से सीधे रद्दी के ब्योपारियों के हाँ पहुँच रहा है। लिल्लाह! 'शीराज़ा' बिखरने से बचा लीजिए।"

1. तेज़ और बुद्धिमान 2. अख़बार लिखने वाला 3. साहित्यकार और आलोचक
4. भाषा की अच्छी समझ रखने वाला 5. हर हफ़्ते 6. मुश्किल 7. कटाक्ष 8. ध्यान 9. बर्बाद
10. बहुत ज़्यादा नाराज़ हो जाना 11. ऊँगली उठाना 12. वहाँ, पास

गोपाल मित्तल

जीवनकाल:
1901-1993

गोपाल मित्तल का जन्म मलेरकोटला, पंजाब में हुआ। उर्दू की प्रसिद्ध पत्रिका 'तहरीक' के संपादक रहे।

गोपाल मित्तल के लतीफ़े

गोपाल मित्तल से किसी ने दरियाफ़्त किया, "क्यों साहिब! आपने अपनी फ़लाँ नज़्म कांग्रेसियों के लिए लिखी थी या कम्युनिस्टों के लिए?"
मित्तल ने जवाबन कहा, "साहिब! मैं तो दर्ज़ी हूँ। मेरा काम टोपियां सीना है। जिसके सर पर जो पूरी आ जाए पहन ले।"

ख़लीक़ अंजुम और एम. असलम एक दो दोस्तों के साथ गोपाल मित्तल से मिलने गए थे। गोपाल मित्तल सीख़-पा[1] हो रहे थे और मुसलमानों को गालियां निकाल रहे थे। जब ख़लीक़ अंजुम ने पूछा, मियाँ ऐसी क्या बात हो गई कि हमारी पूरी क़ौम को बेपर[2] की सुना रहे हो? इस पर गोपाल मित्तल ने फ़रमाया कि, "मुसलमानों की अक़्ल पर पर्दा पड़ गया है। जिस क़ौम को कल इक़बाल पैग़ाम दिया करता था, आज वो क़ौम जगन्नाथ आज़ाद का पैग़ाम बर्दाश्त कर रही है।"
(जगन्नाथ आज़ाद उन दिनों पाकिस्तान से लौटे थे और उनकी नज़्म 'भारत के मुसलमान' उन दिनों ख़ूब चर्चा में थी।)

1. बहुत ज़्यादा नाराज़ 2. बुरा-भला

फ़ुर्क़त काकोरवी

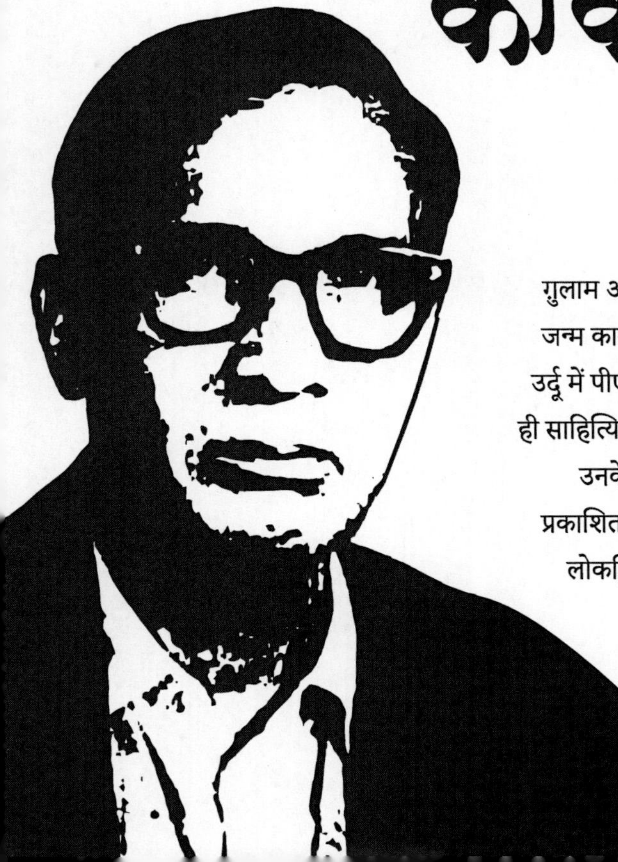

जीवनकाल:
1914-1973

गुलाम अहमद फ़ुर्क़त काकोरवी का जन्म काकोरी, उत्तर प्रदेश में हुआ। उर्दू में पीएच.डी. की। गद्य-पद्य दोनों ही साहित्यिक विधाओं में काम किया। उनके हास्य कॉलम अखबारों में प्रकाशित होते थे, जो बाद में अपनी लोकप्रियता के कारण पुस्तक की शक्ल में आए।

फ़ुर्क़त काकोरवी के लतीफ़े

एक मर्तबा फुर्क़त काकोरवी मरहूम ने प्रोफ़ेसर ज़हीर अहमद सिद्दीक़ी से पूछा कि रसूल अल्लाह[1] की पैग़ंबरी का सबसे बड़ा सबूत क्या है?

ज़हीर अहमद सिद्दीक़ी ने विनम्र और चरित्र के वाक़ियात का हवाला दिया। कुछ करिश्मों की तरफ़ इशारा किया।

फुर्क़त साहिब कहने लगे कि ये सब ख़ुदा के संदेशवाहक होने के सबूत हैं, मगर सबसे बड़ा सबूत यह है कि उनकी बीवी ने भी उनको पैग़ंबर स्वीकार लिया।

1. इस्लाम धर्म के आख़िरी पैग़म्बर मुहम्मद साहब को सम्मान में इस तरह भी पुकारा जाता है

एक मर्तबा[1] अल्लामा[2] अनवर साबिरी अपने सफ़र-ए-पाकिस्तान[3] की रूदाद[4] फुर्क़त काकोरवी को सुना रहे थे। कहने लगे कि "सदर[5] अय्यूब मुझसे लिपट गए और इसरार[6] किया कि मैं उनके साथ ही क़याम[7] करूँ। उसी दौरान ज़ुलफ़िक़ार अली भुट्टू आ गए। उन्होंने सदर-ए-पाकिस्तन से कहा कि इनको मेरे साथ क़याम करना होगा, क्योंकि ये मेरे दोस्त हैं..."

मौलाना अरबाब-ए-हुकूमत[8] की मेहमान-नवाज़ी का क़सीदा[9] पढ़ रहे थे और टेप का बंद[10] सदर अय्यूब थे। अचानक फुर्क़त साहिब बोले कि, "सदर अय्यूब भला क्यों न मेहमान–नवाज़ होगा, अपने मेरठ का जो रहने वाला है।

मौलाना के तेवर बदल गए झल्लाहट के साथ फुर्क़त साहिब से कहने लगे: "तुम इतना भी नहीं जानते कि सदर अय्यूब सरहदी पठान हैं और तुम उनको मेरठ का बाशिंदा[11] बता रहे हो।"

फुर्क़त साहिब ने बड़ी संजीदगी[12] से जवाब दिया, "मौलाना! बेशक ये बात ग़लत है, मैं इतनी देर से तुम्हारे झूठ बरदाशत कर रहा हूँ और तुम मेरा एक झूठ भी बरदाशत नहीं कर सके।"

1.बार 2. एक उपाधि 3. पाकिस्तान के सफ़र 4. कहानी 5. राष्ट्रपति 6. बार-बार कहना 7. रहना, रुकना 8. सरकारी 9. तारीफ़ 10. मुद्दा 11. रहने वाला 12. गंभीरता

यूँ तो ग़ुस्सा मौलाना ज़ुबैर क़ुरैशी की नाक पर धरा रहता था। पूरा घर उनकी आवाज़ से काँपता था लेकिन औलाद के मुआमले में मौलाना ख़ासे फ़राख़ दिल[1] वाक़े[2] हुए थे। फ़ुर्क़त काकोरवी एक मर्तबा घर से मछलीवालान की तरफ़ जाने के लिए निकले तो जामा मस्जिद तक उन्हें बारह बच्चों ने सलाम किया। उन्होंने जानने के लिए सबकी वलदियत[3] मालूम की तो बारह में से नौ ने अपनी वलदियत ज़ुबैर क़ुरैशी बताई तो फ़ुर्क़त काकोरवी मौलाना की फ़राख़-दिली की दाद दिए बग़ैर न रह सके। (मौलाना के कुल एक दर्जन बच्चे थे)

1. बड़े दिल वाले 2. वाले 3. पिता का नाम

कन्हैया लाल कपूर

जीवनकाल:
1910-1980

कन्हैया लाल कपूर का जन्म फ़ैसलाबाद, पाकिस्तान में हुआ। अपने तीखे व्यंग्य और हास्य-विनोदपूर्ण शैली के कारण उन्होंने अलग पहचान बनाई। कपूर साहिब उर्दू, फ़ारसी, अंग्रेजी के साथ संस्कृत में भी पारंगत थे। ग़ालिब, सलीम-अनारकली, शेख़-चिल्ली पर लिखी उनकी पैरोडियाँ आज भी पसंद की जाती हैं।

कन्हैया लाल कपूर के लतीफ़े

एक अँग्रेज़ औरत जो ख़ास साहित्यिक शौक़ रखती थीं, कन्हैया लाल कपूर से मुख़ातिब हुईं तो उनका नहीफ़-ओ-नज़्ज़ार[1] जिस्म को देख कर कहने लगीं।
"कपूर साहिब! आप सूई की तरह पतले हैं।"
कपूर साहिब मुस्कुराते हुए निहायत विनम्रता से बोले:
"आपको ग़लत-फ़हमी हुई, मोहतरमा! बाज़ सूईयाँ मुझसे भी मोटी होती हैं।"

1. बहुत ज़्यादा दुबला-पतला होना

कन्हैया लाल कपूर ने किसी शख़्स पर ख़फ़ा होते हुए कहा, "मैं तो आपको शरीफ़ आदमी समझा था।" उस शख़्स ने भी गुस्से में बिना सोचे समझे कह दिया।
"तो आप ठीक हैं। ग़लतफ़हमी मुझ को हुई।" कपूर ने निहायत संजीदगी और विनम्रता से क़बूल कर लिया।

कन्हैया लाल कपूर एक बार किसी अदबी[1] और मेयारी[2] क़िस्म के उर्दू माहनामा[3] के एडीटर से मिलने के लिए उसके दफ़्तर में तशरीफ़[4] ले गए।
बातों बातों में उन एडीटर दोस्त से दरयाफ़्त[5] किया।
"आपका पर्चा हर माह कितनी तादाद[6] में शाए[7] होता है?"
"ग्यारा सौ..."
"ग्यारा सौ? ... वह क्यों? ... कपूर साहिब ने हैरान हो कर पूछा।
"एक हज़ार मार्केट में फ़रोख़्त[9] करने के लिए और एक सौ एज़ाज़ी[9] तौर पर अदीबों[10] को मुफ़्त भेजने के लिए।"
कपूर ने इंतिहाई संजीदगी से मुशवरा[11] दिया। "तो जनाब आप सिफ़ एक सौ पर्चा ही शाए किया कीजिए।"

1. साहित्यिक 2. सम्मानित 3. महीने में एक बार निकलने वाली पत्रिका 4. सम्मान लाना 5. पूछ 6. संख्या 7. छपना 8. बेचना 9. अतिरिक्त 10. साहित्यकारों 11. सलाह

फ़ैज़ अहमद फ़ैज़

जीवनकाल: **1911-1984**

'बोल की लैब आज़ाद हैं तेरे' कहने वाले प्रसिद्ध शायर फ़ैज़ अहमद फ़ैज़ का जन्म सियालकोट, आज के पाकिस्तान में हुआ। इनकी शैली में प्रेम, हुस्न, तन्हाई के साथ-साथ शोषण और वर्जनाओं का विरोध भी सुंदर तरीके से घुला-मिला होता है।

फ़ैज़ अहमद फ़ैज़ के लतीफ़े

ज़ुहरा निगाह के यहाँ दावत ख़त्म हुई तो ज़ुहरा निगाह ने साक़ी फ़ारूक़ी से दरख़्वास्त की कि अहमद फ़राज़ साहिब को उनके घर तक पहुँचा दें। साक़ी ने जवाब दिया:

"मैं उन्हें अपनी गाड़ी में नहीं बिठा सकता क्योंकि ज्यों ही कोई ख़राब शाइर मेरी गाड़ी में बैठता है, गाड़ी का एक पहिया हिलने लगता है।"

इस पर फ़ैज़ अहमद फ़ैज़ ने फ़िक़रा कसा:

"साक़ी तुम्हारे बैठने से तो गाड़ी के दोनों पहिये लगातार हिलते रहते होंगे।"

आलिया इमाम साहिबा के हाँ[1] फ़ैज़ साहिब की दावत थी। मेह्दी साहिब साक़ी-गरी[2] के फ़राइज़[3] सरअंजाम[4] दे रहे थे। शेर-ओ-शाइरी का दौर चल रहा था। आलिया इमाम के बहनोई ने बाहर घर वालों पर बरसना शुरू कर दिया।

"आलिया का घर इस क़ाबिल नहीं कि कोई शरीफ़ आदमी उसके घर में रह सके, सैय्यद-ज़ादी[5] कहलाती हैं और घर पर जाम से जाम टकराए जा रहे हैं।"

आवाज़ें सुनकर आलिया घबराईं। फ़ैज़ साहिब निहायत इत्मिनान[6] से आलिया के साथ बाहर आए उन साहिब के कंधे पर हाथ रखते हुए बोले: "भाई साहिब! हम तो कभी किसी की इबादत[7] में मुख़िल[8] नहीं होते। तो फिर आप क्यों?"

ये ज़ुमला सुनते ही भाई साहिब हँस पड़े और महफ़िल में शरीक हो कर फ़ैज़ साहिब के कलाम पर दाद देने लगे।

1. यहाँ 2. शराब का प्याला बाँटना 3. कर्तव्यों 4. अदा 5. मुसलमानों में सैय्यद एक सम्मानित समुदाय है 6. आराम 7. पूरा 8. बाधक

फ़ैज़ अहमद फ़ैज़ ने अपने एक शाइर दोस्त से कहा:

"यार तुमने मेरे बारे में कभी कुछ नहीं लिखा।"

इस पर दोस्त ने जवाब दिया: "फ़ैज़ साहिब आपको तो मालूम है आपके नाम का एक ही क़ाफ़िया[1] 'हैज़[2]' है और वो भी कितना ग़लीज़।"

1. ग़ज़ल के हर शेर में रदीफ़ से पहले आने वाले शब्दों का समूह 2. आर्तव, स्त्रियों का मासिक धर्म

अहसान दानिश

जीवनकाल:
1914-1982

शामली, उत्तर प्रदेश में जन्म। आर्थिक तंगी के कारण विधिवत शिक्षा नहीं मिली। चौकीदारी, बाग़बानी और तरह-तरह के काम करते हुए दानिश साहिब ने शाइरी के मेआर को ऊँचा किया।

एहसान दानिश के लतीफ़े

गुलज़ार ने कहा, "आपको तीन सौ रुपये दिए जा सकेंगे। ये ज़ियादा से ज़ियादा मुआवज़ा है। इस रक़म को क़बूल फ़र्माते हुए ख़ान बहादुर हफ़ीज़ जालंधरी ने भी शामिल होने का वादा फ़र्माया है।"

"हज़रत! कहाँ ख़ान बहादुर और कहाँ एक मज़दूर शाइर एहसान!

लेकिन बंदा-नवाज़[1], मैं अपने मुक़ाम से किसी क़ीमत पर नहीं गिरना चाहता और पाँच सौ रुपये से एक पाई कम न लूँगा, मैं बहुत छोटा और हफ़ीज़ साहिब लाख बड़े शाइर सही! लेकिन याद रखिए दूध कितना मुफ़ीद[2] और उम्दा शय है लेकिन गली गली में बिकता है और शराब इंतिहाई बदनाम और मोहलिक[3] होने के बावजूद अपने मुक़ाम पर ही बिकती है।"

1. कृपा करने वाला 2. उपयोगी 3. घातक

डाक्टर तासीर और एहसान दानिश रेल में इकट्ठे सफ़र कर रहे थे। एक स्टेशन पर तासीर के एक दोस्त उसी डिब्बे में दाख़िल हुए।

तासीर ने उनसे एहसान दानिश का तआरुफ़[1] कराते हुए कहा कि आप हैं उर्दू के मशहूर शाइर, मुसव्विर-ए-फ़ितरत[2], शाइर मज़दूर हज़रत एहसान दानिश कानधलवी, उस दोस्त ने पूछा, "वही जो मज़दूरों के बारे में नज़्में लिखते रहते हैं?" तासीर ने कहा, "जी हाँ वही।" वो दोस्त कहने लगा: "ख़ुदा की क़सम उनकी नज़्में पढ़ कर ये जी चाहता है कि सुबह को उठते ही हर मज़दूर के सर पर सौ जूते लगाए जाएँ।"

1. पहचान 2. हू-ब-हू चित्रण करने वाला

शुरू में एहसान दानिश अपना नाम बिन दानिश[1] लिखा करते थे (दानिश उनके वालिद[2] का नाम था, बिन दानिश माने दानिश का बेटा) एक मुशाइरे में (जब एहसान अभी ज़ियादा मशहूर नहीं हुए थे) उनकी मुलाक़ात एक और शाइर से हुई, तो उन्होंने अपना तआरुफ़[3] कराते हुए अपना नाम एहसान बिन दानिश बताया। इस पर वो साहिब बोले: "तख़ल्लुस[4] तो मेरा भी एहसान है लेकिन अलहमदुलिल्लाह

बिन दानिश[5] नहीं हूँ।"

ग़ालिबन उसी के बाद एहसान ने बिन का लफ़्ज़ नाम से निकाल दिया और नाम एहसान दानिश हो गया।"

1. दानिश का बेटा 2. पिता 3. पहचान 4. शाइर का वो नाम जो वो शाइरी करने के लिए रखता है
5. बिना-समझ (दानिश-समझ)

सआदत हसन मंटो

जीवनकाल : 1912-1955

सआदत हसन मंटो लुधियाना में जन्मे थे। नाइंसाफ़ी और ज़हालत के ख़िलाफ़ उर्दू के सबसे प्रतिष्ठित कथाकार।

सआदत हसन मंटो के लतीफ़े

जब मंटो के अफ़साना "बू" पर कुछ शरीफ़ लोग बिदके और मामला अदालत तक पहुँचा, तो एक साहित्यकार ने मंटो से कहा,"लाहौर के कुछ सरकरदा[1] भंगियों ने अदालत से शिकायत की है कि आपने एक अफ़साना "बू" लिखा है जिसकी "बू" दूर-दूर तक फैल गई है।"

मंटो ने मुस्कुराते हुए जवाब दिया।

"कोई बात नहीं, मैं एक अफ़साना "फ़ीनाइल" लिख कर उनकी शिकायत रफ़ा कर दूँगा।"

1. अधिकारी

जिगर मुरादाबादी लाहौर तशरीफ़ ले गए तो वहाँ के कुछ शाइर और लेखक उनसे मिलने पहुँचे।

जिगर निहायत विनम्रता से सबका स्वागत कर रहे थे कि इतने में सआदत हसन मंटो ने आगे बढ़कर जिगर साहिब से हाथ मिलाते हुए कहा: "क़िबला! अगर आप मुरादाबाद के जिगर हैं तो ये ख़ाकसार लाहौर का गुर्दा है।"

एक बार अब्दुल मजीद भट्टी, अहमद नदीम क़ासमी के कमान पर उन्हें अपने नए नॉवेल का मुसव्वदा[1] सुना रहे थे कि इतने में वहाँ मंटो साहिब आ गए। आते ही उन्होंने बुलंद आवाज़ के साथ क़ासमी साहिब से कुछ पैसे माँगे। भट्टी साहिब ने मंटो से मुख़ातिब होकर निहायत विनम्रता से कहा।

"मंटो साहिब मैंने एक नॉवेल लिखा है। क़ासमी साहिब को सुना रहा हूँ। बैठिए, आप भी सुनिए।"

मंटो ने खड़े-खड़े तिलमिलाते हुए जवाब दिया, "लाहौल विला, मैं और तुम्हारा नॉवेल सुनूँ। तुम भी अजीब ही इंसान हो। क्या मुझे भी क़ासमी की तरह कोई बुज़दिल और शरीफ़ आदमी समझ लिया है।"

1. प्रारूप

एक बार होटल में मंटो साहिब ने मदहोशी के आलम में कई गिलास और प्लेटें तोड़ दीं, जब बैरा बिल लेकर आया तब सुरूर टूटा।

"इस बिल में टूटे हुए गिलासों और प्लेटों की क़ीमत क्यों शामिल की गईं है?" उन्होंने बैरे से पूछा।

"साहिब, यहाँ का दस्तूर यही है।"

"अच्छी बात है।"

और ये कह कर मंटो साहिब ख़ामोशी से बिल अदा करके चले गए।

तक़रीबन एक हफ़्ते बाद वह उसी होटल में फिर से मौजूद थे। उनके दोस्त उस लम्हे का इंतिज़ार कर रहे थे, जब वह एकदम बहक जाएँगे, लेकिन वह बहकने के बजाए एकदम चिल्ला उठे:

"साँप... अरे साँप।"

उनकी चीख़-पुकार सुनकर बार की फ़िज़ा में खलबली की एक लहर दौड़ गई और फिर साँप को देखकर ऐसा हंगामाँ हुआ कि ख़ुदा की पनाह! भयभीत होकर भागने वालों ने कुर्सियाँ और मेज़ें ओंधी कर दीं। इस अफ़रा-तफ़री में कई प्लेटें और गिलास टूट गए।

जब साँप मारा जा चुका और सुकून हुआ तो मंटो ने बैरे से बिल तलब किया और फिर बिल को देखते हुए उनकी आँखों में ख़ास होशियारी चमकने लगी।

"आज आप ने बिल में टूटे हुए गिलास और प्लेटों की क़ीमत क्यों शामिल नहीं की?"

"वो साँप की वजह से टूटी हैं जनाब, इसमें आपका क्या क़ुसूर?"

और जब मंटो अपने दोस्तों के साथ बाहर जाने लगे तो उन्होंने मैनेजर के कंधे पर अपना हाथ रखते हुए कहा।

"पिछली मर्तबा जब आपकी प्लेटें टूटी थीं तो आपने खाने-पीने के ख़र्चे के अलावा क्रोकरी के तीन-चार रूपये चार्ज कर लिए थे और आज जब आपकी प्लेटें टूटी हैं तो मुझे ये तीन रूपए आपको अदा करने की बजाए यहाँ आने से पहले एक सपेरे को देने पड़े।"

"एक बार मंटो से उनके दोस्त कुछ अरसे बाद मिले तो कहा मंटो साहिब पिछली मर्तबा जब आप मिले थे तो आपसे ये जान कर बेहद मसर्रत[1] हुई थी कि आपने शराब से तौबा कर ली है। लेकिन कितने अफ़सोस की बात है कि आज फिर आप पिये हुए हैं।"

"सही फ़रमाया, क़िबला! फ़र्क़ सिर्फ़ इतना है कि उस दिन आप ख़ुश थे और आज मैं ख़ुश हूँ।"

1. ख़ुशी

सआदत हसन मंटो से जब अहमद नदीम क़ासमी का कैरेक्टर स्केच लिखने की फ़रमाइश की गई तो मंटो उदास हो कर निहायत बुझे-बुझे लहजे में कहने लगे।

"क़ासमी का स्केच! वह भी कोई आदमी है, जितने सफ़हे[1] चाहो सियाह करवा लो, लेकिन बार-बार मुझे यही जुमला लिखना पड़ेगा:

"क़ासमी साहिब बहुत शरीफ़ आदमी हैं।"

1. पन्ने

मंटो की शराब नोशी[1] से तंग आकर बेगम मंटो ने अहमद नदीम क़ासमी से दरख़्वास्त की कि मंटो आपकी बात मानते हैं, लिहाज़ा आप उन्हें शराब नोशी से मना करें। एक दिन क़ासमी मंटो के घर पर तशरीफ़ लाए।

मंटो ने अभी गिलास में पहला पैग ही उंडेला था कि क़ासमी ने उन्हें समझाने की कोशिश की। बीवी बच्चों का वास्ता देते हुए हाथ बाँधकर गुज़ारिश की कि शराब छोड़ दीजिए, ख़ुदा के लिए अपने संबंधियों पर और अपने प्यार करने वालों पर रहम कीजिए।

मंटो इस दौरान दो तीन पैग चढ़ा चुके थे, बोले: "देखो क़ासमी, मैंने तुम्हें दोस्त बनाया है, अपने ज़मीर का इमाम[2] नहीं, मुझे वाज़[3] न दिया करो, समझे?"

1. शराब पीना 2. धार्मिक नेता 3. उपदेश

मंटो का एक अक़ीदतमंद[1] रोज़ाना उनके यहाँ हाज़िरी देता था और उनके सारे सिगरेट पी जाता था। एक दिन मंटो एक नया पैकिट ख़रीद कर घर में दाख़िल हुए ही थे कि दरवाज़े पर उस अक़ीदत-मंद की आवाज़ आई। मंटो ने फ़ौरन पैकिट में से सिगरेट निकाल कर उसे ज़मीन पर फैंक दिया।

अक़ीदत-मंद ने आते ही सिगरेट माँगा तो मंटो ने पैकिट की तरफ़ इशारा करके कहा, "पैकिट अभी ख़ाली करके फैंका है।" वह शख़्स कुछ देर बैठा रहा। जाने के लिए उठा तो दरवाज़े के पास जाकर पलटा और फ़र्श पर पड़ा हुआ सिगरेट का पैकिट ये कहते हुए जेब में डाल लिया, "इससे बच्चे खेलेंगे।"

1. प्रेम करने वाला

मंटो ने एक बार एक नामी सियासी शख़्सियत (ख़ान) पर एक अफ़साना[1] लिखा। अफ़साना छपा तो वह ख़ान गुस्से में भरा हुआ अहमद नदीम क़ासमी के पास आया और कहा, "मुझे मंटो का पता बताइए। उसने मेरे ख़िलाफ़ अफ़साना लिखा है। मैं उसके दाँत तोड़ दूँगा।"

क़ासमी साहिब ने टाला। वह चाहते थे कि मंटो को ख़ान के इरादे से ख़बरदार कर दें। इस इरादे से वह दफ़्तर से निकल रहे थे कि वह ख़ान उन्हें दोबारा मिल गया, कहने लगा।

"मंटो से मेरी मुलाक़ात हो गई है। मैंने पूछा मंटो तुमने हमारे ख़िलाफ़ अफ़साना लिखा है, मंटो बोला आपके ख़िलाफ़ नहीं लिखा, आपके बारे में लिखा है।

मैंने पूछा क्या लिखा है? वो बोला यही लिखा है कि ख़ान शराब पीता है ..."

ये सुनते ही क़ासमी साहिब ने घबरा कर पूछा, "फिर?"

ख़ान बोला, "फिर क्या, वह तो उसने ठीक ही लिखा है ना।"

1. कहानी

सय्यद ज़मीर जाफ़री

जीवनकाल :
1914-1999

सय्यद ज़मीर जाफ़री पंजाब में पैदा हुए। उर्दू में हास्य-व्यंग्य की शाइरी के लिए प्रसिद्ध हैं। उन्होंने गद्य-पद्य दोनों पर एक जैसी लेखनी चलाई। आज़ादी के बाद पाकिस्तान में एक पत्रकार के तौर पर भी विशिष्ट ख्याति अर्जित की।

सय्यद ज़मीर जाफ़री के लतीफ़े

लाहौर एयरपोर्ट पर रवानगी से पहले सय्यद ज़मीर जाफ़री साहिब ने एक दोस्त का पता नोट करने के लिए अपनी जेबें टटोलीं मगर क़लम उनके पास नहीं था। पास खड़े अब्दुल अज़ीज़ ख़ालिद साहिब ने जाफ़री साहिब की ज़रूरत को भाँपते हुए अपना क़लम पेश किया। जाफ़री साहिब ने नोट बुक खोली मगर क़लम न चला। दो एक-बार छिड़क कर भी देखा, लेकिन क़लम ने काम न किया। पास खड़े एक दोस्त ने पूछा, "क्यों इसमें रौशनाई नहीं है क्या?"

इस पर जाफ़री साहिब ने शरारती अंदाज़ में मुस्कुराहट के साथ अब्दुल अज़ीज़ ख़ालिद की तरफ़ देखते हुए कहा, "नहीं, रौशनाई तो है लेकिन शायद ये आसान उर्दू नहीं लिखता।"

(अब्दुल अज़ीज़ ख़ालिद साहिब लिखते हुए ख़ासी मुश्किल-ज़बान इस्तिमाल करते थे।)

मशहूर मज़ाह-निगार[1] मेजर ज़मीर जाफ़री और उनके चंद साथी फ़ौजी अफ़सर अपना तिब्बी-मुआइना[2] करवाने के लिए एक मिलिट्री हॉस्पिटल में शरीक हुए तो उन्हें अचंभा हुआ कि एक हफ़्ता गुज़रने के बावजूद उनके वार्ड में किसी नर्स का गुज़रना नहीं हुआ। इत्तिफ़ाक़ से जब एक मेट्रन वहाँ से गुज़री तो ज़मीर जाफ़री ने पूछा कि "बड़ी-बी[3] क्या बात है, हम लोग एक हफ़्ता से इस वार्ड में हैं लेकिन तुमने आज तक किसी नर्स को इस वार्ड में नहीं भेजा।"

ये सुनकर मेट्रन ने कहा, "मैं ख़ूब जानती हूँ इस वार्ड में जितने भी लोग हैं वो सब के सब तंदुरुस्त और तवाना[4] हैं।"

1. हास्य लिखने वाले 2. चिकित्सा जाँच 3. औरत को बुलाने का एक अंदाज़ 4. मोटे ताज़े

इस्मत चुग़ताई

जीवनकाल :
1915-1991

इस्मत चुग़ताई का जन्म बदायूं में हुआ। जिहालत और नाइंसाफ़ी के ख़िलाफ़ उनके बग़ावती तेवर ने उर्दू साहित्य में नई ऊर्जा पैदा की। उनकी रची औरतें लगातार सिसकती हुईं ज़ब्त करने के बजाय अपने हक में बोलती थीं।

इस्मत चुग़ताई के लतीफ़े

तरक़्क़ी पसंद लेखकों की नशिस्त में इस्मत चुग़ताई कहानी पढ़ चुकीं तो जोश मलीहाबादी बोले, "इस्मत तुम इतनी बड़ी लेखिका हो मगर तुम भी तलफ़्फ़ुज़ का ख़याल नहीं रखतीं। ये लफ़्ज़ जिसे तुम दिमाग़-दिमाग़ पढ़ रही थीं, दिमाग़ नहीं दमाग़ है।"

इस्मत ने फ़ौरन जवाब दिया, "जोश साहिब दमाग़ तो आपका है हमारा तो दिमाग़ ही है।"

ये सुन कर जोश साहिब मुस्कुरा कर चुप हो गए।

जब "लिहाफ़" के सिलसिले में इस्मत चुग़ताई पर मुक़दमा दायर हो गया और उन्हें अपने शौहर के साथ मुक़दमे की पैरवी के लिए बंबई से लाहौर जाना पड़ा तो लाहौर में दोनों मियाँ एम. असलम के वहाँ ठहरे।

मियाँ साहिब ने, जैसा कि उनका स्वभाव था, निहायत उदारता से अपने मेहमानों का स्वागत-सत्कार किया, लेकिन रात को खाने के बाद इस्मत से इंतिहाई लहजे में कहने लगे।

"तुम्हें इल्म है इस्मत! तुम्हारे भाई अज़ीम बेग मेरे बिरादराना दोस्त थे। इस रिश्ते से मैं तुम्हें अपनी छोटी बहन समझता हूँ।"

इस शुरुआत के साथ उन्होंने बुज़ुर्गाना संजीदगी से इस्मत को समझाना शुरू किया:

"शरीफ़ घरानों की बहू बेटियों को ऐसी कहानियाँ नहीं लिखनी चाहिए कि अदालतों, कचहरियों तक की नौबत आ जाए। अब तुम ख़ुद ही सोचो कि एक भाई के लिए कितनी शर्म की बात है कि उसकी बहन ..."

इस्मत ने फ़ौरन बात काटते हुए जवाब दिया:

"भैया शुरू में तो मेरा भी यही इरादा था कि चिड़े चिड़ियों की कहानी से आगे न बढ़ूँ, लेकिन आपकी "गुनाहों की रातें" पढ़कर नीयत ख़राब हो गई।"

इस्मत चुग़ताई बंबई रेडियो स्टेशन से निकल रही थीं कि एक नौजवान ने इशारा करके कहा: "चलेगी?" इस्मत ने कहा: "चलो!"

उसने विक्टोरिया[1] रुकवा कर बैठने के लिए कहा, बैठने के बाद इस्मत ने पूछा, "कहाँ जाना है?"

"होटल चलेंगे", उसने जवाब दिया।

इस्मत ने कहा, "ख़्वाहमख़्वाह होटल में ख़र्च करने की क्या ज़रूरत है मेरे घर पर चलते हैं।"

ये सुनकर नौजवान बहुत ख़ुश हुआ और सोचने लगा कि अच्छे स्टेनडर्ड की लड़की है। लिहाज़ा विक्टोरिया वाले को इस्मत के बताए हुए पते पर चलने के लिए कहा। जब वो घर में दाख़िल हुए तो वहाँ शाहिद लतीफ़, मजरूह सुल्तानपूरी, ख़्वाजा अहमद अब्बास और दूसरे दोस्तों के साथ ताश खेलने में मसरूफ़ थे। वह दूसरे कमरे में बैठे ही थे कि शाहिद ने आवाज़ दी: "इस्मत तुम्हारे लिए फ़लाँ का फोन आया था।"

ये सुनते ही नौजवान समझ गया कि ये नामी शख़्सियत इस्मत चुग़ताई हैं, लिहाज़ा वह जाने की इजाज़त माँगने लगा। इस्मत ने कहा, "ऐसे कैसे? चाय पी कर जाइएगा"

वह जितनी देर तक बैठा रहा, उसकी हालत ख़राब हो रही थी, वह चाय पी कर चला गया तो सबने पूछा कि वह हलकान हो रहा था और तुम उसे चाय पी कर जाने के लिए इसरार कर रही थीं। इस पर इस्मत ने जवाब दिया: "उसने मुझे घर तक पहुँचाया है, लिहाज़ा चाय पर तो उसका हक़ बनता था।"

1. पहले ज़माने में चलने वाली घोड़ा गाड़ी

राजिंदर सिंह बेदी

जीवनकाल :

1915-1984

राजिंदर सिंह बेदी का जन्म सियालकोट पंजाब में हुआ। कहानी, उपन्यास, नाटक और पटकथा लेखन में उर्दू-हिंदी साहित्य जगत में अलग से पहचाने जाते हैं । विभाजन पर लिखी हुई इनकी कहानियाँ अपने पाठकों को उस दौर और दर्द में ले जाती हैं।

राजिंदर सिंह बेदी के लतीफ़े

मशहूर अफ़्साना-निगार राजिंदर सिंह बेदी एक रेल से सफ़र कर रहे थे। सफ़र के दौरान टिकट चेकर ने उनसे टिकट माँगा तो बेदी ने अपनी जेबें टटोलीं मगर टिकट का कहीं पता न था। टिकट चेकर उन्हें पहचानता था।

वह कहने लगा रहने, "दीजिए बेदी साहिब! मुझे आप पर भरोसा है, आपने यक़ीनन टिकट ख़रीदा होगा।" बेदी उसी परेशानी के आलम में बोले: "भाई, बात आपके भरोसे की नहीं, मसअला तो मेरे सफ़र का है। अगर टिकट न मिला तो ये किस तरह मालूम होगा कि मुझे कहाँ उतरना है।"

लाहौर में राजिंदर सिंह बेदी के घर के आगे एक भैंस बंधी रहती थी, जिस पर उनके दोस्तों को एतिराज़ था। एक दिन एक दोस्त ने सख़्ती से एतिराज़ किया तो उन्होंने कहा:

"भई हिंदुओं का महबूब जानवर गाय है और मुसलमानों का महबूब जानवर ऊँट है। क्या हम सिखों को अपने महबूब जानवर भैंस को पालने का हक़ नहीं है?"

राजिंदर सिंह बेदी बबई से लखनऊ जा रहे थे। रास्ते में यूपी के किसी स्टेशन पर ककड़ियाँ बेची जा रही थीं। बेचने वाले इस दिलकश अंदाज़ से आवाज़ दे रहे थे कि ककड़ियाँ ले लो ... लैला की उंगलियाँ ले लो वग़ैरा।

इससे प्रसन्न होकर बेदी साहिब ने एक ककड़ी ख़रीदी और तराश-तराश कर साथ वाले शख़्स को पेश की। उन्होंने ले कर वह खा ली। इस तरह वह टुकड़े पेश करते रहे और वो साहिब खाते रहे। जब आख़िरी ककड़ी उन साहिब को पेश की गई तो उन्होंने औपचारिकता में कहा, "नहीं, अब आप खाइए।" बेदी साहिब जो ग़ुस्से से भुने बैठे थे, फ़ौरन बोले: "हज़रत ये कोई इंसानों के खाने की चीज़ है, इसे भी आप ही खाइए।"

देहली के एक मुशाइरे में जब बशीर बद्र का नाम पुकारा गया तो राजिंदर सिंह बेदी ने साथ बैठे मुजतबा हुसैन से कहा, "यार हमने दर-बदर, मुल्क बद्र, शहर बद्र तो सुना था, ये बशीर बद्र क्या हुआ।"

राजिंदर सिंह बेदी के एक दोस्त डाक्टर कैशप जो क़द में बेदी से काफ़ी लंबे थे, एक समुंदर के किनारे टहल रहे थे, कैशप तो पसीने से तर-बतर थे जबकि बेदी को पसीना बिलकुल नहीं आ रहा था। कैशप ने जब बेदी से दरयाफ़्त किया कि इसकी वजह क्या है तो फ़ौरन बोले।
"आप सूरज के ज़ियादा क़रीब हैं भाई।"

फ़िक्र तौंसवी

जीवनकाल :
1919-1987

फ़िक्र तौंसवी का जन्म पंजाब में हुआ। उर्दू पत्रिकारिता और स्तंभ लेखन में फ़िक्र का नाम अव्वल है। "प्याज के छिलके" शीर्षक उनका स्तंभ लोकप्रियता की मिसाल है। संपादक, लेखक, पत्रकार फ़िक्र तौंसवी अपने हास्य-व्यंग्य और चुटीले लेखन के लिए प्रख्यात रहे।

फ़िक्र तौंसवी के लतीफ़े

मख़मूर जालंधरी, दिलीप सिंह, औतार सिंह जज और फ़िक्र तौंसवी रात के वक़्त जनपथ पर खुली जगह बैठ कर शराब पी रहे थे कि पुलिस का एक हवलदार आ गया और धमकी देने लगा कि यहाँ सर-ए-आम शराब पीना ग़ैर क़ानूनी है।
इस पर उन लोगों ने तीन रूपये दे कर उससे छुटकारा पाया। थोड़ी देर बाद वो फिर वापस आया और पूछने लगा कि "आप लोग करते क्या हैं?" इस पर फ़िक्र ने जवाब दिया कि "हम सब अख़बार-नवीस हैं।"
हवलदार ने रूपये फैंकते हुए कहा:
"उठाओ अपने रूपये, कल जाकर तुम लोग अख़बार में लिखोगे कि पुलिस रिश्वत लेती है।"

मुज़फ़्फ़र हुसैन बरनी हरियाणा के गवर्नर थे। दिल्ली आने पर फ़िक्र तौंसवी को फ़ोन किया कि मैं आपसे मुलाक़ात करना चाहता हूँ। फ़िक्र ने कहा, "आपको जब फ़ुरसत हो, नाचीज़ के यहाँ तशरीफ़ ले आएँ।" उस पर बरनी साहिब ने कहा, "चूँकि मेरे साथ बहुत अमला[1] चलता है लिहाज़ा बेहतर है आप तशरीफ़ ले आएँ। मैं गाड़ी भिजवा देता हूँ।"
फ़िक्र साहिब जब बरनी साहिब के यहाँ पहुँचे तो उन्होंने शिकायतन कहा जिन दिनों आप "अदब-ए-लतीफ़" के एडीटर थे, मैंने अपनी तख़लीक़ शाए[2] करने के लिए भिजवाई थी और ख़त दिखाते हुए कहा कि आपने ये लिख कर वापस कर दी थी कि ये तख़लीक़ शाए होने के क़ाबिल नहीं है।
इस पर फ़िक्र साहिब की मज़ाहिया हिस[3] फड़की और बोले:
"क़ुदरत का कमाल देखिए कि आप अच्छा न लिखने के बावजूद गवर्नर बन गए और मैं अच्छा लिखने के बावजूद वहीं का वहीं हूँ।"

1. सचिव और सुरक्षा गार्ड वगैरह 2. प्रकाशनार्थ 3. आदत, इंद्री

फ़िक्र तौंसवी ने डाक टिकट ख़रीदने के लिए पोस्ट आफ़िस जाकर टिकट तलब किए... काउंटर कलर्क बोला, "लाइन बनाइए।"

फ़िक्र तौंसवी ने हैरान होकर कहा, " यहाँ तो कोई दूसरा आदमी नहीं है, लाइन कैसे बने?"

इस पर कलर्क ने निहायत इत्मिनान से जवाब दिया, "कोई बात नहीं, इंतिज़ार करेंगे ताकि कुछ और लोग लाइन लगाने के लिए आ जाएँ।"

जगन्नाथ आज़ाद

जीवनकाल : **1918-2004**

जगन्नाथ आज़ाद का जन्म मियांवाली, पंजाब में हुआ था, जो अब पाकिस्तान में है। पाकिस्तान का पहला राष्ट्रगीत आज़ाद ने ही लिखा था। दुबारा हफ़ीज़ जालंधरी ने लिखा। भारत और पकिस्तान, दोनों मुल्क़ों में इन्हें ससम्मान याद किया जाता है।

जगन्नाथ आज़ाद के लतीफ़े

किसी मुशाइरे में सरदार जाफ़री अपना कलाम सुनाने से पहले कहने लगे: "हज़रात! मैं आशिक़ाना[1] रंग में कुछ अशआर[2] अर्ज़ करना चाहता हूँ, अगर्चे[3] यह मेरा असली रंग नहीं है।"

जगन्नाथ आज़ाद ने सरदार की बात काटते हुए पूछा, "तो क्या आपका असली रंग माशूक़ाना[4] है?"

1.आशिक जैसा, प्रेमी भाव 2. शे'र का बहुवचन 3. हालाँकि 4. माशूक़ जैसा, प्रेमिका भाव

जगन्नाथ आज़ाद अटलांटा तशरीफ़ ले गए तो चाय देते हुए मेज़बान ने पूछा कि आज़ाद साहिब चीनी कितनी लेंगे? जवाब दिया, "अपने घर में तो एक ही चम्मच लेता हूँ लेकिन बाहर चाय पीने पर 2-3 चम्मच से कम चीनी नहीं लेता।" इस पर मेज़बान ने एक चम्मच चीनी उनकी चाय में डालते हुए कहा: "आज़ाद साहिब, इसे अपना ही घर समझिए।"

अटलांटा में जगन्नाथ आज़ाद, मोहसिन भोपाली और हिमायत अली शाइर स्टोन फ़ाउंटेन देखने निकले और वहाँ तस्वीरें लेने लगे। हिमायत अली शाइर ने तस्वीर लेते हुए कहा कि कैमरा तस्वीर तो ले लेगा, लेकिन है पुराना। आज़ाद ने झट से कहा, "हमें कौन सा ख़रीदना है।"

जगन्नाथ आज़ाद और बन्ने भाई बंबई में जाँ-निसार अख़्तर के यहाँ बैठे हुए थे कि जाँ-निसार अख़्तर के बेटे सलीम अंदर दाख़िल हुए। आज़ाद के पूछने पर जब उसने बताया कि वो डाक्टर है तो उन्होंने फ़ौरन बताना शुरू किया, "बेटा मेरी दाएं पिंडली में कभी-कभी दर्द उठता है।"

सलीम ने निहायत संजीदगी से जवाब दिया, "अंकल मैं तो दिमाग़ी बीमारियों का डाक्टर हूँ।"

आज़ाद तुनक कर बोले, "तो जाओ अपने अब्बा का ईलाज करो।"

जगन्नाथ आज़ाद पहली दफ़ा पाकिस्तान पहुँचे। मुदीर 'नुक़ूश' मोहम्मद तुफ़ैल ने उनके एज़ाज़[1] में दावत दी जिसमें एहतरामन[2] सिर्फ़ सब्जियाँ ही रखी गईं। खाना ख़त्म होने के बाद जगन्नाथ आज़ाद ने तुफ़ैल साहिब को मुख़ातिब करके कहा: "अगर आपको सब्ज़ियाँ ही खिलानी थीं तो फिर आपको पाकिस्तान बनाने की क्या ज़रूरत थी?"

1. सम्मान 2. शिष्टता में

जगन्नाथ आज़ाद और राम लाल आकाशवाणी भवन में ऊपर जाने के लिए ज़ीना चढ़ रहे थे। अचानक देवेंद्र सत्यार्थी उतरते हुए ज़ीने पर मिले। उन्होंने शिकायतन राम लाल से कहा, "अरे राम लाल आजकल तुम मुझसे मिलते तक नहीं?" जगन्नाथ आज़ाद ने हँसते हुए कहा, "क्योंकि राम लाल ऊपर जा रहे हैं और आप नीचे।"

क़तील शिफ़ाई

जीवनकाल :
1919-2001

उर्दू के प्रख्यात शायर क़तील शिफ़ाई का जन्म हज़ारा, पाकिस्तान में हुआ। इनके रोमानी अंदाज़ ने लोगों पर ज़ादू कर दिया। पाकिस्तान में रहते हुए भी क़तील साहिब ने भारतीय सिनेमा के लिए 2500 से अधिक गीत लिखे।

क़तील शिफ़ाई के लतीफ़े

क़तील शिफ़ाई ने एम. असलम से अपनी पहली मुलाक़ात का अहवाल[1] बयान करते हुए कहा, "कितनी अजीब बात है कि मैं असलम साहिब की कोठी में उनसे मिलने गया लेकिन इसके बावजूद उनका ताज़ा अफ़साना सुनने से बाल-बाल बच गया।"

"ये नामुमकिन है...!"

अहबाब[2] में से एक ने बात काटते हुए फ़ौरन रद्द कर दी।

"सुनिए तो," क़तील ने मुस्कुराते हुए कहना शुरू किया, "हुआ यूँ कि इंतिहाई ख़ातिरदारी के बाद जब असलम साहिब अपना अफ़साना सुनाने के मूड में आने लगे तो उन्होंने कहा... क़तील साहिब! आपकी कुछ नज़्में इधर मेरी नज़र से गुज़री हैं। आप तो ख़ासे मक़बूल[3] शाइर हैं, मगर न जाने आम लोग हर तरक़्क़ी-पसंद[4] शाइर के बारे में क्यों बद-गुमानी का शिकार हैं। और असलम साहिब की इस बात के जवाब में निहायत विनम्रता से मैंने कहा- "जी हाँ वाक़ई आम लोग बहुत ग़लत-फ़हमियाँ पैदा कर देते हैं। देखिए ना, अब आपके बारे में भी यूँ तो यही मशहूर है कि आप हर नए मेहमान की ख़ातिरदारी करने के बाद अपना कोई नया अफ़साना ज़रूर सुनाते हैं। हालाँकि ये बिल्कुल ग़लत है।"

1. हाल का बहुवचन 2. हबीब का बहुवचन, मित्रों 3. नामी 4. प्रगतिशील

चंद बे-तकल्लुफ़[1] शाइरों में पैरोडियों का ज़िक्र हो रहा था। एक साहिब कहने लगे, "पैरोडियों में असल लुत्फ़ ये है कि असल शेर में मामूली से अमल के बाद मिज़ाह[2] पैदा किया जाए।"

क़तील शिफ़ाई ने ये सुना तो बोले, "मैं आपसे इत्तिफ़ाक़ करता हूँ। पैरोडी में एक-आध लफ़्ज़ की तर्मीम[3] ही से नई बात पैदा करनी चाहिए। अदम का एक शेर है:

"शायद मुझे निकाल के पछता रहे हो आप
महफ़िल में इस ख़याल से फिर आ गया हूँ मैं"

1. अनौपचारिक 2. विनोद, हास्य 3. बदलाव

मैंने इसकी पैरोडी यूँ की है ;

"शायद मुझे निकाल के कुछ खा रहे हो आप
महफ़िल में इस ख़याल से फिर आ गया हूँ मैं"

सीरिया से एक शाइर सलाहुल-असीर तशरीफ़ लाए। क़तील साहिब ने जो उन दिनों पाकिस्तान राईटर्ज़ गिल्ड के सेक्रेटरी थे, उनका इस्तिक़बाल[1] करते हुए कहा: "पहली दफ़ा मैंने देखा है कि असीर[2] बे-ज़ंजीर भी होते हैं।" इस पर असीर ने फ़ौरन जवाब दिया: "मैंने भी पहला क़तील[3] देखा है जो क़त्ल होने के बाद भी ज़िंदा है।"

1. स्वागत 2. क़ैदी 3. जिसका क़त्ल हो गया हो

फ़िल्म स्टार अनिल कपूर के यहाँ एक दावत में क़तील शिफ़ाई, अज़हर जावेद और जावेद अख़्तर शरीक थे। गुफ़्तुगू के दौरान जावेद अख़्तर क़तील से कहने लगे कि पंजाब के लोगों ने उर्दू ज़बान का बेड़ा ग़र्क़ कर दिया है।

मसलन हम लोग कहते हैं कि "खाना खाइए" इसी को पंजाब के लोग कहेंगे "खाना खाएँ।" इस पर क़तील साहिब ने तुरंत जवाब दिया "खाना खाएँ" कहने से खाने के ज़ायक़े में कोई फ़र्क़ पड़ जाता है क्या? इस पर सब लोग खिलखिला कर हँसने लगे।

नारंग साक़ी के हाँ एक दावत में मुनीर नियाज़ी, क़तील शिफ़ाई, मुज्तबा हुसैन, केवल सूरी, सरवर तौंसवी, कैलाश माहिर और बहुत से दूसरे दोस्त जमा थे। शेर-ओ-शाइरी का सिलसिला शुरू हुआ। सब लोग सुना चुके तो क़तील शिफ़ाई ने मुनीर नियाज़ी से कहा, "कुछ सुनाओ भाई।"

चूँकि मुनीर नियाज़ी सुनाने की हालत में नहीं रह गए थे लिहाज़ा उन्होंने सूरी से कहा कि वो उनके शेर सुनाएँ। शेर सुनने के बाद क़तील ने मुनीर से कहा कि, सूरी शेर अच्छे तौर पर सुनाता है बेहतर है कि लिखवा भी इसी से लिया करो।

इब्राहीम जलीस कराची में ठहरे हुए थे। क़तील शिफ़ाई, अहमद नदीम क़ासमी के अलावा कुछ और दोस्त जब कराची तशरीफ़ ले जाते तो जलीस मिलते ही पूछते "कब तक ठहरना है?" और जब मुलाक़ाती कहता कि फ़लाँ तारीख़ तक है तो फ़ौरन जवाब देते कि उस दिन तो मैं आपकी दावत करना चाहता था।
दो-चार दफ़ा जब ऐसा ही हुआ तो क़तील मामला को भाँप गए। इस दफ़ा जब क़तील शिफ़ाई और क़ासमी कराची पहुँचे तो हमेशा की तरह जलीस ने पूछा कि ठहरना कब तक है? क़तील ने जवाब दिया, "इस बार हम फ़ैसला करके आए हैं कि आपकी दावत के बाद ही लाहौर वापस जाएँगे।"

हरीपुर हज़ारे में क़तील शिफ़ाई और उनके दोस्तों ने 1939 में डाक्टर इक़बाल की पहली बरसी के सिलसिले में मुशाइरे का आयोजन किया। चंदा इकट्ठा करने के सिलसिले में जब एक दुकानदार को उन्होंने बताया कि डाक्टर इक़बाल की बरसी के सिलसिले में ये मुशाइरा हो रहा है तो उसने दुःखी होकर पूछा: "क्या सचमुच डाक्टर इक़बाल वफात[1] पा गए हैं?"
उस पर क़तील शिफ़ाई ने हैरान होकर पूछा, "क्या आप उन्हें जानते थे?"
इस पर उन्होंने फ़रमाया, "क्यों नहीं, अभी दो साल पहले मेरी भैंस बीमार हो गई थी, उन्होंने बड़ी तवज्जो से उसका इलाज किया था।"
ये सुनना था कि सब खिलखिला कर हँसने लगे।

1. मौत हो जाना

साहिर लुधियानवी

जीवनकाल : **1921-1980**

हिंदुस्तान के सबसे प्रसिद्ध गीतकार साहिर लुधियानवी का जन्म लुधियाना में हुआ। उनके गीतों में मानवीय मूल्यों के साथ उनके जज़्बात तक को छू लेने की क्षमता थी। गीतों की तरह अमृता-साहिर का प्रेम भी लोगों के दिलों में जज़्ब है।

साहिर लुधियानवी के लतीफ़े

मजरूह सुलतानपुरी ने साहिर लुधियानवी की किसी बात पर नाराज़ होते हुए कहा, "याद रखो साहिर! जब तुम मर जाओगे तो उर्दू का कोई तरक़्क़ी-पसंद[1] अदीब[2] तुम्हारे जनाज़े के साथ नहीं जाएगा।"

साहिर ने फ़ौरन जवाब दिया,

"मुझे इसका कोई ग़म नहीं। लेकिन मैं फिर भी हर तरक़्क़ी-पसंद अदीब के जनाज़े में शरीक रहूँगा।

1. प्रगतिशील 2. साहित्यकार

साहिर लुधियानवी ने जाँ-निसार अख़्तर से कहा- "यार जाँ-निसार! अब तुमको पद्मश्री ख़िताब मिल जाना चाहिए।"

जाँ-निसार ने पूछा, "क्यों?"

साहिर ने जवाब दिया, "अब हमसे अकेले ये ज़िल्लत बर्दाश्त नहीं होती।"

साहिर लुधियानवी के किसी दोस्त ने उससे कहा, "यार साहिर! अब तो तुम्हारी ज़िंदगी हर एतिबार से आसूदा[1] है। अब तो तुम्हें शादी कर लेनी चाहिए।"

साहिर ने ग़ैर-मामूली[2] तौर पर संजीदा हो कर जवाब दिया, "चाहता तो मैं भी हूँ, लेकिन किसी ऐसी ख़ातून[3] के साथ करना चाहता हूँ जो कुँवारी होने के साथ-साथ इंटेलेक्चुअल भी हो लेकिन ट्रेजडी ये है कि दोनों सिफ़ात[4] एक ही वक़्त में किसी एक लड़की में नहीं मिलतीं, या तो वो कुँवारी होती है या इंटेलेक्चुअल।"

1. संतुष्ट 2. मामूली न होना 3. औरत 4. गुण

इब्राहिम जलीस

जीवनकाल :
1924-1977

इब्राहिम जलीस का जन्म बंगलुरू में हुआ। पाकिस्तान में कहानीकार, स्तंभकार और पत्रकार के तौर पर प्रसिद्ध रहे। यात्रा-वृतांत और नाटक भी लिखे। जंग अखबार में इनके स्तंभ "वगैरह-वगैरह" की व्यंग्यात्मक शैली आम लोगों को बहुत पसंद आई।

इब्राहीम जलीस के लतीफ़े

इब्राहीम जलीस को झूट बोलने की बहुत आदत थी। एक दिन हमीद अख़्तर ने जलीस से कहा- "मैंने ज़िंदगी में बड़े-बड़े झूठे आदमी देखे हैं मगर तुमसे बड़ा कोई नहीं मिला। तुम्हारी नज़र में कोई है क्या जो इस मैदान में तुमसे आगे हो?"

"हाँ है," जलीस ने जवाब दिया।

हमीद ने पूछा, "कौन?"

"मेरे वालिद[1] साहिब," जलीस ने कहा, "मैं बी.ए. में एक नंबर से पास हुआ यानी मार्जिन पर, और वालिद साहिब ने सारे हैदराबाद की दावत कर दी कि लड़का यूनिवर्सिटी में एक नंबर पर आया है (यानी अव्वल आया है)।

1. पिता

एक महफ़िल में मशहूर पत्रकार अहमद अली और उनकी बीवी हाजिरा मसरूर (एक मशहूर लेखिका), इब्राहिम जलीस और बहुत से साहित्यकार जमा थे। अचानक एक साहिब ने इब्राहिम जलीस से सवाल किया- "साहिब ये बताईए कि पत्रकारिता और अदब में क्या रिश्ता है?"

इस पर जलीस मुस्कुराए और अहमद अली और उनकी अहलिया[1] की तरफ़ इशारा करते हुए कहा: "जो अहमद अली और हाजिरा मसरूर में है।"

1. जीवन-साथी, बीवी

कमाल अहमद सिद्दीक़ी

जीवनकाल : **1923-1977**

कमाल अहमद सिद्दीक़ी का ताल्लुक़ लखनऊ, उत्तरप्रदेश से था। उनकी शख़्सियत के कई पहलू हैं, वह बेहतरीन छंद-शास्त्री, आलोचक और शोधकर्ता थे, इसके अलावा एक कामयाब ब्रॉडकास्टर, शायर, पत्रकार और कहानीकार भी थे। उन्होंने मिर्ज़ा ग़ालिब पर जो अहम काम किए हैं उसके बग़ैर ग़ालिब का अध्ययन पूरा नहीं माना जाता।

कमाल अहमद सिद्दीक़ी के लतीफ़े

श्रीनगर के एक मुशाइरे में कमाल अहमद सिद्दीक़ी शेर पढ़ने के लिए उठे तो मजमा से आवाज़ आई- "तरन्नुम से।" इस पर सिद्दीक़ी साहिब ने कहा, "भाई मेरा तरन्नुम इतना बेढप है कि आप बर्दाशत न कर पाएँगे।"
भीड़ से दोबारा आवाज़ आई: "कोई बात नहीं, हम बर्दाशत कर लेंगे।" इस पर सिद्दीक़ी साहब फ़ौरन बोले: "साहिब आप तो बर्दाशत कर लेंगे मगर मेरी नाज़ुक मिज़ाजी से मेरा तरन्नुम बर्दाशत नहीं हो सकेगा।"

हैदराबाद के सफ़र के दौरान जोगिंदर पॉल नसरी[1] नज़्म के हक़[2] में तक़रीर[3] करने लगे, जानते थे कि कमाल अहमद सिद्दीक़ी इसे पसंद नहीं करेंगे, इसलिए कहने लगे: "यार कमाल मेरी बात का गुस्सा न करना। ख़फ़ा न हो जाना।"
इस पर कमाल अहमद सिद्दीक़ी बोले, "कोई बेवकूफ़ी की बात करे तो मुझे गुस्सा नहीं आता, बल्कि हँसी आती है।"
और ये कह कर वाक़ई कमाल साहिब हँसने लगे।

1. गद्य 2. पक्ष 3. भाषण

एक महफ़िल में, जिसमें डाक्टर क़मर रईस, जोगिंदर पॉल और कमाल अहमद सिद्दीक़ी शामिल थे, किशवर नाहीद की शाइरी का ज़िक्र आया तो जोगिंदर पॉल तारीफ़ करते हुए बोले: "किशवर की कई नज़्मों में तो कोरे बर्तन की लस्सी का मज़ा आता है।"
इस पर कमाल अहमद सिद्दीक़ी ने जुमला कसा।
"तो फिर लस्सी पियो, शाइरी किसलिए पढ़ रहे हो।"

नरेश कुमार शाद

जीवनकाल : **1927-1969**

नरेश कुमार शाद होशियारपुर, पंजाब के एक शायर घराने में पैदा हुए थे। मुशायरों में शेरों के साथ-साथ इनके चुटीले किस्से खासे पसंद किए जाते थे।

नरेश कुमार शाद के लतीफ़े

चंद उर्दू लेखक एक जगह बैठे फ़िक्र तौंसवी का ज़िक्र कर रहे थे।
एक ने कहा, "फ़िक्र साहिब के तंज़िया[1] मज़ामीन[2] रोज़मर्रा की ज़िंदगी के निहायत मसाइल[3] पर फ़िक्र की दावत देते हैं।"
दूसरे ने ताईद करते हुए कहा, "यही वजह है के उनकी तंज़िया तहरीरों में ज़िंदगी होती है।"
तीसरा बोला, "फ़िक्र साहिब शक्ल-ओ-सूरत के एतिबार से भी इंसानी ज़िंदगी पर एक कारी तंज़ हैं।"
नरेश कुमार शाद ने इस गुफ़्तगू में फ़िक्र, तंज़, ज़िंदगी के अल्फ़ाज़ जब बार-बार सुने तो उसी वक़्त एक क़ता कह कर सुना दिया।

लोग जब शर्मसार होते हैं
ख़ुद भी ये शर्मसार होती है
जिंदगी फ़िक्र तौंसवी की तरह
तंज़ करती है और रोती है

1. व्यंग्यात्मक 2. लेख, लेखन 3. समस्याएँ

रेलवे क्लब भटिंडा के एक मुशाइरे में जनाब दर्द नकोदरी अपना कलाम सुना रहे थे, जिन्हें सुनने वालों ने कुछ वाजिब सी दाद के साथ सुना। उनके बाद जब नरेश कुमार शाद को दावत दी गई तो हाल तालियों से गूँज उटा। शाद झूमते लहकते माइक की तरफ़ बढ़ते हुए दर्द साहिब की तरफ़ यूँ ताना कसते हुए कहा: "कैसे-कैसे फीके शाइरों को बुला लेते हैं।"
सामईन में से एक आवाज़ बुलंद हुई, "दर्द तुम्हारा बाप है।"
शाद ने तुरंत जवाब दिया, "जी हाँ यही तो मेरा दर्द है कि आप मेरे वालिद हैं और इसी पहचान से तो मुशाइरों में बुलाए जाते हैं।"
पूरा मजमा बेइख़्तियार हँस पड़ा।

बशीर बद्र

जीवनकाल :

1935 -

कानपुर, उत्तर प्रदेश में जन्म। आधुनिक उर्दू ग़ज़ल को दिलकश अंदाज़ में पेश करने का श्रेय बशीर साहब को जाता है। इनकी लोकप्रियता का वो आलम था कि 70 से 80 के दशक में मुशाइरे में इनका शरीक होना, मुशाइरे की कामयाबी माना जाता था।

बशीर बद्र के लतीफ़े

एक मुशाइरे की अध्यक्षता बशीर बद्र कर रहे थे। शाइर को दाद दी जा रही थी। वाह वाह के साथ मजमा से किसी लड़के ने कुत्तों की तरह भौं-भौं करके दाद दी। इस पर बशीर बद्र ने कहा कि "हर शख़्स को अपनी मादरी ज़बान में दाद देने का हक़ हासिल है।"

झरिया (धनबाद) बिहार में जनाब कुँवर मोहिंदर सिंह बेदी की निज़ामत में मुशाइरा हो रहा था। मरहूम नाज़िर ख़य्यामी ने अपने मज़ाकिया कलाम और उस से भी बेहतर गुफ़्तुगू से मुशाइरा लूट लिया।
उसके बाद कुँवर साहिब ख़ुद खड़े हुए और फ़र्माया: "हज़रात नाज़िर ने अपने फ़न से दिलों पर फ़तह पाई है। आप सब ज़िंदगी की परेशानियों को भूलकर क़हक़हों की दुनिया में खो गए हैं। ऐसे में किसी संजीदा शाइर को बुलाना उसे क़ुर्बान करना होगा, इसलिए मैं ख़ुद पढ़ता हूँ और अपने आप को क़ुर्बानी के लिए पेश करता हूँ।"
इस पर बशीर बद्र कुँवर साहिब से टोकने की माफ़ी चाहते हुए बोले कि "मैं एक नूनी मसला याद दिलाने के लिए हाज़िर हुआ हूँ। वो ये कि इस्लाम में ऐबदार की क़ुर्बानी नाजायज़ है।"

नैनीताल क्लब में मुशायरा हो रहा था और अध्यक्षता कर रहे थे जनाब कँवर मोहिंदर सिंह बेदी सहर। मुशाइरे के ख़त्म होने पर जब बशीर बद्र और वसीम बरेलवी पढ़ने के लिए बाक़ी रह गए तो उन्होंने अपनी मोहब्बत का इज़हार किया:
"ये मेरी दोनों आँखें हैं। मैं किसको पहले बुलाऊँ और किसको बाद में।"
बशीर बद्र ख़ुद ही उठकर माइक के पास आ गए और बोले:
"मुझे बेहद अफ़सोस है कि आली-जनाब कँवर साहिब अब एक आँख से महरूम हो रहे हैं।"

आज़मगढ़ के एक क़स्बे में श्रोताओं का ये मूड हो गया कि पुरानी ग़ज़ल और पुराना कलाम नहीं सुनेंगे। बेकल उत्साही और वसीम बरेलवी जितनी ग़ज़लें उन्हें याद थीं सब का पहला मिसरा सुनाने लगे और मजमे से आवाज़ आती रही कि सुनी हुई है। आख़िरकार उन लोगों ने मोहलत माँगी कि जा-ए-क़ियाम[1] से अपनी-अपनी ब्याज़ें ले आएँ। बशीर बद्र भी सरासीमा[2] कि कौन सी ग़ज़ल पढ़ें। उनके पास एक और शाइर बैठे थे। वो बशीर बद्र को एक मिसरा सुनाते और पूछते कि ये ग़ज़ल पढ़ लूँ फिर वो ख़ुद ही कहते, ये ग़ज़ल मैं वहाँ पढ़ चुका हूँ। देखिए ये ग़ज़ल पढ़ लूँ। फिर वो कहते कि ये मैं फ़ुलाँ क़स्बे में पढ़ चुका हूँ। आख़िर बशीर बद्र ने तंग आकर कहा, "भाई तुम सब ख़ुशनसीब शाइर हो। तुम्हारा कोई शेर किसी को याद ही नहीं रह सकता। न यक़ीन आए तो तुम वही ग़ज़ल पढ़के देख लो जो गुज़श्ता[3] बरस यहाँ पढ़ चुके हो।"

1. ठहरने की जगह 2. परेशान, घबराए हुए 3. पिछले, बीते हुए

शाहाबाद, हरदोई में मुशाइरा हो रहा था। बशीर बद्र अध्यक्षता कर रहे थे, हिना कलकत्तवी साहिबा तरन्नुम से ग़ज़ल सुना रही थीं। किसी लड़के ने उनके तरन्नुम की मज़ाकिया अंदाज़ से नक़ल की, लोग हँसने लगे। हिना कलकत्तवी ख़ास औरतों के लहजे में नाराज़ होने लगीं। कई लोगों ने कहा कि अध्यक्ष जी क्यों ख़ामोश हैं। बशीर बद्र बड़े इतमिनान से बोले, "मैं बहन-भाई के झगड़े में नहीं पड़ता।"

शिकोहाबाद में बशीर बद्र, वाली आसी, आलम फ़तहपुरी कालका मेल में इलाहाबाद जाने के लिए एक सिकंड क्लास स्लीपर में चढ़े मगर कंडक्टर ने ये कह कर वापस उतार दिया कि कोई जगह नहीं है। बशीर बद्र ने बहुत मिन्नत से कहा: "जो आप कहें, पेश कर दूँ, हम लोग शाइर हैं, अगर ये ट्रेन नहीं मिली तो बड़ा नुक़सान हो जाएगा।"
इस बार कंडक्टर ने बहुत तल्ख़[1] लहजे में कहा: "तुम से बड़े शाइर हम ख़ुद हैं, तुम इस डिब्बे में नहीं आ सकते।"

1. चिढ़, तीखे

इतने में रवानगी का सिग्नल हो गया। बशीर बद्र बहुत मायूसी से बोले कि “ठीक है हम नहीं जाएँगे लेकिन अगर तुम वाक़ई शाइर हो, तो हमारी मजबूरी और बेबसी का अंदाज़ा लगा लोगे। अगर रास्ते भर तुम अपना कलाम सुनाते चलो तो हम उफ़्फ़ भी नहीं करेंगे।”
कंडक्टर ने दरवाज़ा खोलते हुए कहा: “आइए और मतला मुलाहिज़ा हो।”

मऊनाथ भंजन में मुशाइरा हो रहा था। बशीर बद्र कनडक्ट कर रहे थे। राहत इंदौरी जिनका रंग गहरा साँवला सलोना है, उनकी सरमस्ती का दौर था, माइक पर आते ही बोले: “हज़रात! मैं कल से बहुत ख़ुश हूँ। दरअसल अपने रंग की वजह से शर्मिंदा-शर्मिंदा रहता था। लेकिन बाबू जगजीवन राम नायब वज़ीर-ए-आज़म की सदारत में मुशाइरा पढ़ने का मौक़ा मिला। उनके रंग को अगर आप ज़हन में रखें तो मैं ख़ासा क़बूल-सूरत आदमी हूँ। बाबू जी को देखने के बाद मैं बहुत ख़ुश हूँ।”
बशीर बद्र ने कहा कि बाबू जी भी बहुत ख़ुश हैं कि उनकी क़ौम में इतना अच्छा शाइर पैदा हो गया।

रीवा के एक मुशाइरे में बशीर बद्र के अलावा चार-पाँच बाहरी और कुछ स्थानीय शाइर शामिल थे, लोग इसरार[1] कर के बार-बार मेहमान शाइरों के लिए फ़रमाइश कर रहे थे। जब रात का डेढ़ बज गया तो बशीर बद्र ने सामईन को समझाया कि मक़ामी[2] शोरा को भी सुना जाए। बशीर बद्र ने एक मक़ामी शाइर का नाम पढ़ने के लिए पुकारा तो उन साहिब ने आते ही जिगर मुरादाबादी की मशहूर ग़ज़ल

जान कर मिनजुमला-ए-ख़ासान-मय-ख़ाना मुझे
मद्दतों रोया करेंगे जाम- ओ- पैमाना मुझे

पढ़ना शुरू कर दी। इस पर दूसरे मक़ामी शाइर ने उसके पाजामे का पाईंचा खींच कर उसे मुख़ातिब[3] करके कहा: “क्या कर रहे हो। बाहर से आए हुए शाइर क्या कहेंगे।”

1. ज़िद 2. स्थानीय 3. संबोधित

इस पर उसने पीछे मुड़कर फुसफुसाते हुए कहा।
"मैं इन अहमक़ों[1] को देखूँ, या अपने बीस हज़ार कद्रदानों को।"

1. बेवकूफ़

फ्रन्टियर मेल में दिल्ली से मुंबई जाने के लिए बशीर बद्र एक सेकंड क्लास स्लीपर में बग़ैर रिज़र्वेशन के चढ़ गए। उन्हीं की तरह फ़रियादी मुसाफ़िर कंडक्टर को पचास, पचहत्तर रूपये दे रहे थे, लेकिन उसका मिज़ाज ही नहीं मिल रहा था। इत्तिफ़ाक़ से वह बशीर बद्र के पास से गुज़रा, बशीर बद्र ने मुट्ठी खोली, और उसने तुच्छ से नज़राने पर नाराज़ होते हुए कहा, "उतरो कम्पार्टमेंट से, अभी उतर जाओ।" बशीर बद्र अपने साज़-ओ-सामान के साथ चलने लगे तो कंडक्टर ने दस रूपये का नोट बशीर बद्र की तरफ़ बढ़ाते हुए कहा कि "यह भी अपने पास रखो।"
बशीर बद्र बोले, "ये तो आपका है। मुझे मालूम था कि जगह नहीं है इसलिए आपके इंकार की ये क़ीमत है और अगर कोई गुंजाइश हो तो दूसरी जेब में हाथ डालूँ जिससे रिज़र्वेशन लिया जाता है।"
कंडक्टर हैरान उनका मुँह ताकता रहा और फिर इशारे से कहा: "इस बर्थ पर बैठो।" थोड़ी देर बाद आया, रिज़र्वेशन करते हुए पूछा कि क्या करते हो?
बशीर बद्र ने कहा: "लफ़्ज़ों का कारोबार।" "हाँ" के पैसे सभी देते हैं मगर मेरे नज़दीक "न" की भी क़ीमत है।"

मुशफ़िक़ ख़्वाजा

जीवनकाल :
1935- 2005

मुशफ़िक़ ख़्वाजा का जन्म लाहौर, पाकिस्तान में हुआ। उनका नाम अग्रणी हास्य-व्यंग्य लेखकों में शुमार है।

मुशफ़िक़ ख़्वाजा के लतीफ़े

जगन्नाथ आज़ाद ने अय्यूब की मुरत्तिबा[1] किताब "जगन्नाथ आज़ाद एक मुताला" की जिल्द मुशफ़िक़ ख़्वाजा को पेश की तो उन्होंने कहा, "इस पर कुछ लिख दीजिए।" जगन्नाथ आज़ाद ने कहा कि इस शर्त पर लिखूँगा कि आप ये किताब पढ़ेंगे। इस पर मुशफ़िक़ ख़्वाजा बोले, "इस ज़रा से एहसान की इतनी बड़ी क़ीमत तलब कर रहे हैं आप?"

1. संपादित

जगन्नाथ आज़ाद मुशफ़िक़ ख़्वाजा से मिलने गए तो बातचीत में बार-बार अपनी किताबों की बर्बादी का वर्णन बड़े दर्दनाक अंदाज़ में करते रहे और ये भी कहते रहे, "उसमें न सिर्फ़ प्रकाशित किताबें नष्ट हुईं बल्कि कुछ अप्रकाशित रचनाओं के मुसव्वदे[1] भी बर्बाद हो गए।"

ख़्वाजा साहिब जब आठ-दस दफ़ा सैलाब की दुखद दास्तान सुन चुके तो अर्ज़ किया, "अगर इजाज़त दें तो एक दर्दनाक वाक़िया जस का तस मैं भी अर्ज़ करूँ।" आज़ाद साहिब ने कहा सुनाइए, तो ख़्वाजा साहिब बोले, "चंद बरस पहले एक मशहूर अदीब के यहाँ इत्तिफ़ाक़ से आग लग गई। उसमें उनके कुतुबख़ाने की बहुत सी नादिर[2] किताबें और तसानीफ़[3] के मुसव्वदे भी जल कर राख हो गए। ख़ाना सोख़्ता[4] लेखक के कुछ दोस्त इज़हार-ए-हमदर्दी के लिए आए और आग के वाकिए पर अफ़सोस का इज़हार किया। अलबत्ता एक दोस्त ने अपने जज़्बात का इज़हार इस अंदाज़ से किया। निस्संदेह आपके कुतुबख़ाने का जल जाना एक दर्दनाक हादसा है जहाँ प्रकाशित किताबों का जल जाना अफ़सोसनाक है वहाँ अप्रकाशित पांडुलिपियों का बिना छपे रह जाना इत्मिनान का बाइस है। यक़ीनन ये आपका नुक़्सान है लेकिन ये भी तो देखिए आपके क़ारईन[5] बेशुमार मुतवक़्क़े नुक़्सान से बच गए।"

इस पर जगन्नाथ आज़ाद हँसने पर मजबूर हो गए और बाक़ी जितने दिन वहाँ रहे उन्होंने किताबों की बर्बादी का ज़िक्र नहीं किया ।

1. पांडुलिपि, लेख 2. अमूल्य 3. रचनाएँ 4. जिसका घर जल गया हो (ख़ाना-सोख़्ता) 5. पाठक

ज़िया उल-हक़ क़ासमी मुदीर 'ज़राफ़त' ने जनरल ज़िया-उल-हक़ की क़सीदागोई[1] के सिलसिले में एक मज्मूआ[2] शाया[3] किया। अख़्तर अंसारी अकबराबादी को दफ़नाने के बाद क़ब्रिस्तान से बाहर निकलते हुए क़ासमी साहिब ने मुशफ़िक़ ख़्वाजा को किताब पेश की। ख़्वाजा साहिब ने किताब का वर्क़[4] पल्टा और वापस करते हुए कहा: "ज़िया साहिब! एक दिन में दो-दो जनाज़े उठाने की मुझमें हिम्मत नहीं।"

1. क़सीदा लेखक, क़सीदा एक तरह की कविता होती है जो किसी के सम्मान में पढ़ी जाती है 2. किताब 3. प्रकाशित 4. पन्ना

अताउल हक़ क़ासमी

जीवनकाल:
1943-

अताउल हक़ क़ासमी का जन्म अमृतसर में हुआ। उर्दू के शायर, लेखक और स्तंभकार के तौर पर प्रसिद्ध हैं। पाकिस्तान में कई महत्त्वपूर्ण पदों पर रहे। हास्यप्रद और व्यंग्यपरक रचनाओं के कारण प्रसिद्ध हैं।

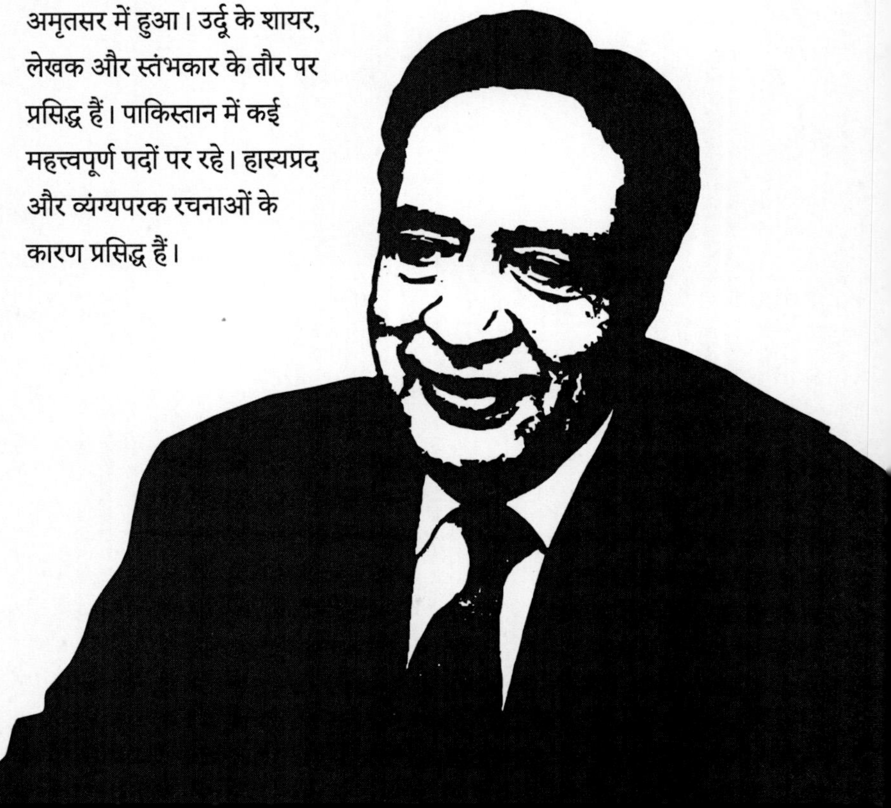

अताउल हक़ क़ासमी के लतीफ़े

अताउल हक़ क़ासमी ने अपने आठ साल के बेटे यासिर को बताया:
"बेटा जब हम छोटे थे, वज़ीराबाद में रहते थे। उन दिनों बिजली नहीं हुआ करती थी और हम लालटेन की रौशनी में पढ़ा करते थे।"
"लालटेन क्या होती थी?" यासिर ने हैरत से पूछा।
क़ासमी ने बात बढ़ाते हुए कहा, "बेटे उस वक़्त हमारे घर में टेलीफ़ोन भी नहीं होता था।"
"और क्या-क्या नहीं होता था?" यासिर ने सवाल किया।
अता ने बताया, "फ़्लश सिस्टम नहीं होता था, एयर कंडीशंड नहीं था, रेफ़्रेजरेटर नहीं था बल्कि हम घड़े का पानी पिया करते थे।"
अता का ख़याल था कि अब वह पूछेगा घड़ा क्या होता है – लेकिन यासिर ने चेहरे पर हल्की सी मुस्कुराहट नुमूदार[1] हुई और उसने अपने नन्हें से हाथ जोड़ कर कहा:
"अल्लाह का शुक्र है मैं उस ज़माने में पैदा नहीं हुआ।"

1. प्रकट

चौधरी मोहम्मद सिद्दीक़ एम.ए.ओ कॉलेज में रियाज़ी[1] के प्रोफ़ेसर के इलावा इमतिहानात के कंटरोलर और टाइम टेबल के इंचार्ज थे, उन दिनों अमजद इसलाम अमजद और अताउल हक़ क़ासमी भी उसी कॉलेज में पढ़ाते थे। हर दफ़ा इमतिहान में जब उनकी ड्यूटी लगाई जाती तो ये कोई बहाना पेश करके ड्यूटी से नजात हासिल कर लेते। एक दिन अचानक चौधरी साहब ने अमजद और अता को बुला कर पूछा कि अगले महीने आपकी मसरूफ़ियात[2] क्या हैं? उन्होंने हैरान हो कर पूछा, "क्या मतलब?"
चौधरी साहिब बोले, "इमतिहानात को शेडयूल बना रहा था।" ये सुनते ही दोनों शर्मिंदा हो गए।

1. गणित 2. व्यस्तता

अताउल हक़ क़ासमी ने एक महफ़िल में बैठे हुए जब आधे घंटे में पाँचवाँ या छठा सिगरेट सुलगाया तो विदेश से आए हुए एक दोस्त ने कहा: "यार अता! तुम सिगरेट ज़्यादा पीने लगे हो। यह कोई अच्छी बात नहीं है। तुम सिगरेट कम क्यों नहीं करते?"

अता ने सहमति जताते हुए कहा, "मैं भी यही सोचता हूँ। अब इंशाअल्लाह कम कर दूँगा।"

उस दोस्त ने फ़ौरन कहा: "कम कर दूँगा नहीं, अभी कम कर दो इनको – लाओ, एक सिगरेट मुझे दो।"

अब्दुल मजीद सालिक

जीवनकाल:
1894-1959

अब्दुल मजीद सालिक का जन्म गुरदासपुर में हुआ। पत्रकारिता के साथ-साथ साहित्य में भी सामान दखल रखने वाले माजिद साहब इक़बाल की शायरी की व्याख्या के लिए प्रसिद्ध हुए।

अब्दुल मजीद सालिक के लतीफ़े

लॉर्ड इर्विन हिंदोस्तान के वायसराय मुक़र्रर हुए। उनका दायाँ हाथ जंग में कट चुका था। अलग-अलग अख़बारों ने इस नियुक्ति पर विरोधी अंदाज़ में लिखा। लेकिन मौलाना सालिक ने अपने कॉलम'अफ़कार-ओ-हवादिस' में जिस तरीक़े से लिखा वो तारीफ़ के लायक है, उन्होंने लिखा:

"हिंदोस्तान पर हुकूमत करना उनके बाएँ हाथ का खेल है।"

मौलाना अब्दुल मजीद सालिक हश्शाश-ओ-बश्शाश[1] रहने के आदी थे और जब तक दफ़्तर में रहते, दफ़्तर क़हक़हों से भरा रहता। उनके लेखन में भी उनकी तबीअत की तरह ख़ुश-मिज़ाजी होती थी।

जब लॉर्ड वेवल हिन्दोस्तान के वायसराय मुक़र्रर हुए तो सालिक ने अनोखे ढंग से बताया कि वो एक आँख से महरूम हैं। चुनाँचे मौलाना सालिक ने इन्क़िलाब के मज़ाहिया[2] कॉलम 'अफ़कार-ओ-हवादिस' में लिखा: "लार्ड वेवल ने वायसराय मुक़र्रर होने पर ये वादा किया है कि वो सबको एक आँख से देखेंगे।"

1. बहुत ख़ुश 2. हँसाने वाला

सालिक साहिब जिस मकान में रहते थे, वहाँ उनका घर दूसरी मंज़िल पर था, और पानी वहाँ तक नहीं पहुँचता था।

जगन्नाथ आज़ाद के पूछने पर सालिक साहिब ने बताया कि कभी-कभी पानी आ जाता है, लेकिन इतना नहीं कि घर भर की ज़रूरतें पूरी हो सकें और फिर साथ ही उन्होंने बताया कि आज कल चंद रोज़ से ये तकलीफ़ कुछ कम हो गई है, क्योंकि बुख़ारी साहिब कराची से आए हुए हैं, वह हर रोज़ पानी से भरे टीन अपनी मोटर में रख कर मेरे लिए ले आते हैं।

कुछ ही देर में बुख़ारी साहिब और उनके ड्राइवर हाथों में पानी के बरतन लिए मकान में दाख़िल हुए। आज़ाद ने एहतिरामन[1] खड़े हो कर आदाब अर्ज़ किया और बुख़ारी

साहिब अभी आज़ाद की तरफ़ ध्यान देते कि सालिक साहिब ने कहा, "जगन्नाथ तुमने देखा, उर्दू के कितने बड़े अदीब और यू.एन.ओ. के कितने बड़े अफ़सर हमारे सामने पानी भरते हैं।" बुख़ारी साहिब ने फ़ौरन आज़ाद से मुख़ातिब होकर कहा, "आज़ाद! इनकी तहज़ीब भी देख लो, इसके बावजूद ये शर्म से पानी-पानी नहीं होते।"

१. सम्मानपूर्वक

अब्दुल मजीद सालिक को एक बार किसी दिल जले ने लिखा: "आप अपने रोज़नामा में भ्रामक ख़बरें छापते हैं और आम लोगों को बेवक़ूफ़ बनाकर अपना उल्लू सीधा करते हैं।"

सालिक साहिब ने निहायत विनम्रता से उसे जवाब देते हुए लिखा: "हम तो जो कुछ लिखते हैं मुल्क और क़ौम के फ़ायदे के जज़्बे से लिखते हैं और अगर हज़ारों मशहूर लोगों में आप जैसा एक आदमी भी हमारे किसी मज़मून से सहमत होकर नेक राह इख़्तियार कर लें, तो हम समझेंगे हमारा उल्लू सीधा हो गया।"

संपादक के बारे में

अनुराधा शर्मा

अनुराधा शर्मा हिंदी-उर्दू दोनों भाषाओं की कवयित्री, संपादक व अनुवादक हैं। उनकी तीन किताबें मौजूद, मेरे बाद, रक़्स जारी है हिंदी में प्रकाशित और चर्चित हो चुकी हैं।

लतीफ़े: साहित्यकारों की हाज़िरजवाबी उनकी चौथी किताब है। वह 2013 से उर्दू भाषा व साहित्य को समर्पित रेख़्ता फाउंडेशन से जुड़ी हुई हैं और उसी के एक अन्य उपक्रम 'हिन्दवी' की प्रोजेक्ट हेड और मुख्य संपादक हैं।

anursharma216@gmail.com